KB114137

외룡봉추
임영기 新무협 판타지 소설
FANTASTIC ORIENTAL HEROES

와룡봉추 13
임영기 新무협 판타지 소설

초판 1쇄 찍은 날 § 2019년 12월 23일
초판 1쇄 펴낸 날 § 2019년 12월 30일

지은이 § 임영기
펴낸이 § 서경석

총괄팀장 § 노종아
편집책임 § 신나라

펴낸곳 § 도서출판 청어람
등록번호 § 제387-1999-000006호
등록일자 § 1999. 5. 31
어람번호 § 제2-2821호

주소 § 경기도 부천시 부일로 483번길 40 서경B/D 3F (우) 14640
전화 § 032-656-4452 팩스 § 032-656-4453
http://www.chungeoram.com
E-mail § chungeorambook@daum.net

ISBN 979-11-04-92110-0 04810
ISBN 979-11-04-91921-3 (세트)

도서출판 청어람

13

와룡봉추

임영기 新무협 판타지 소설

FANTASTIC ORIENTAL HEROES

와룡봉추

目次

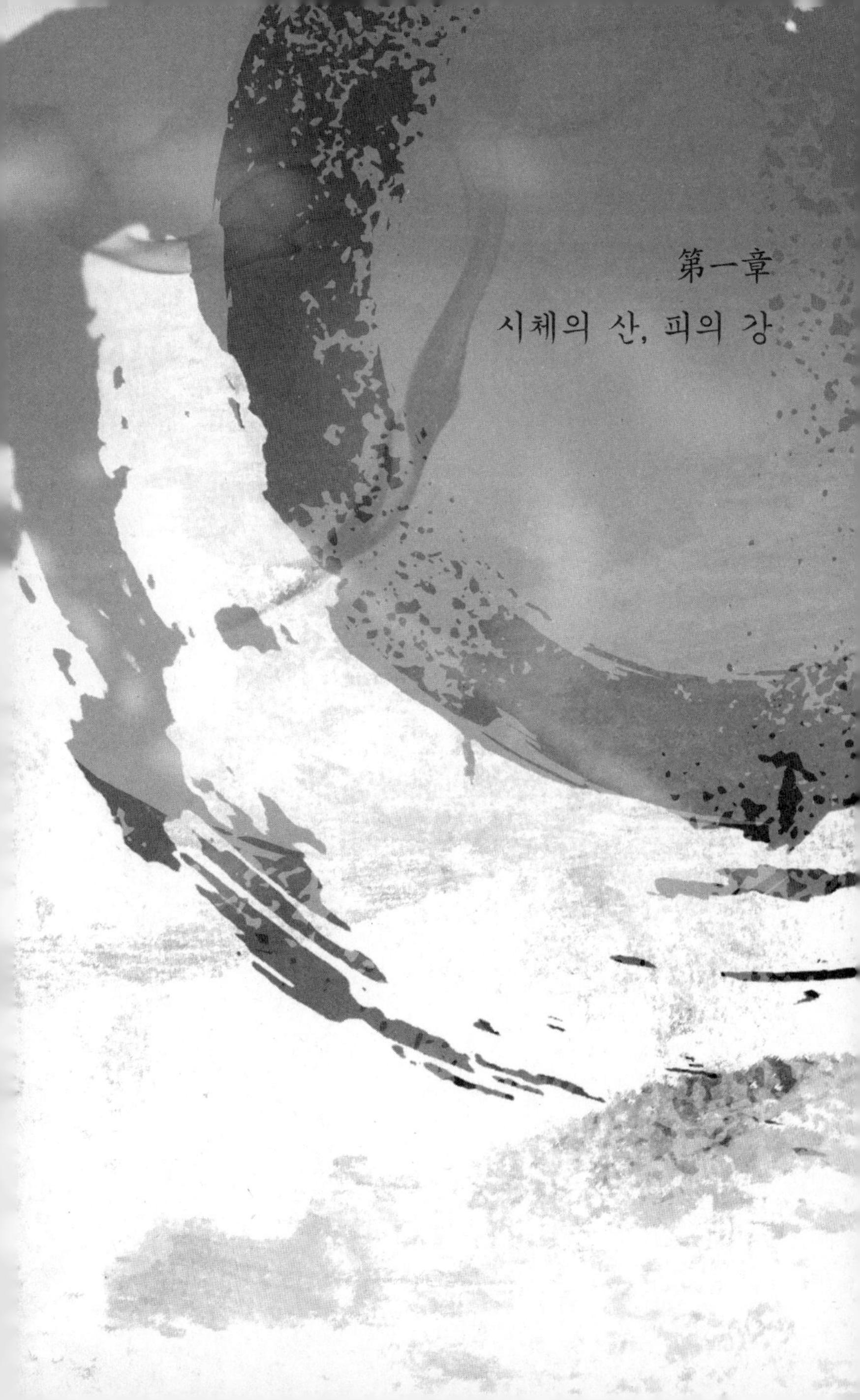

第一章
시체의 산, 피의 강

화운룡은 긴 한숨을 토해냈다.

"후우……."

그는 주위를 천천히 둘러보고는 운설과 명림 등을 보며 조용히 말했다.

"이제 됐다."

운설과 명림이 용봉호법대들을 한데 끌어모아서 무릎을 꿇게 하고 최대한 좁게 원을 형성하고 있었다. 이윽고 모두들 천천히 고개를 들고 주위를 둘러보았다.

관도에는 살아 있는 사람이 화운룡 일행뿐이었다. 산 자든 죽은 자든 모두 밤하늘 높이 떠올랐다가 쏜살같이 지상에 던져졌기 때문에 짓뭉개져서 핏덩어리로 변해 있었다.

운설과 명림은 관도를 둘러보다가 놀라는 표정을 지었다.

관도 양쪽과 운하 쪽, 강 쪽 가장자리에 줄을 쳐놓고 줄 안으로는 적들이 아무도 들어오지 못하도록 한 것처럼 오 장 이내에는 적이 한 명도 보이지 않았다.

두 여자가 자세히 보니까 줄을 쳐놓은 것 같은 곳에 삐뚤삐뚤하게 여러 종류의 무기들이 촘촘하게 꽂혀 있었다.

주로 적들이 사용했던 도와 검인데 칼날이 땅에 꽂히거나 위로 향한 상태로 바닥에 꽂힌 들쭉날쭉한 광경이다.

도와 검이 관도의 사방을 자르듯이 가르기는 했지만 일직선이 아니었고 또 땅에 꽂혀 있는 도검들의 높낮이가 제각기 다르며, 어떤 도검의 도파와 검파, 혹은 도첨과 검첨에는 또 다른 도검이 두 자루 혹은 세 자루가 길게 꽂혀 있었다.

'백팔공도검진(百八空刀劍陣)이다!'

그것을 보고 불현듯 어떤 생각이 든 명림의 얼굴에 큰 놀라움이 번졌다.

그녀는 미래에 딱 한 번 화운룡이 바로 이 진법을 전개하는 것을 본 적이 있었다.

명림이 재빨리 대충 세어보니까 관도의 오 장 둘레에 꽂혀 있는 도검의 수가 백팔 개 정도 되는 것 같았다.

미래에 화운룡이 백팔공도검진을 전개했을 때는 죽은 자들의 도검을 허공섭물의 수법으로 거두었다가 뿌렸었는데 조금 전에는 삼원천성신공을 전개하여 밤하늘에서 도검들을 한꺼번에 내리꽂은 것이 달랐다.

명림은 화운룡이 삼원천성신공을 전개한 이유가 관도 오 장 이내의 적들을 모두 죽이면서 동시에 백팔공도검진을 전개하기 위해서였다는 사실을 깨달았다.

명림은 물론이고 운설과 용봉호법대는 관도 양쪽의 적들이 백팔공도검진 너머에 잔뜩 몰려 있으면서도 이 안쪽으로는 일체 진입하지 못하는 광경을 보고 신기하면서도 안도하는 마음에 가슴을 쓸어내렸다.

화운룡이 걸어오면서 조금 지친 기색으로 말했다.

"다들 운공해라."

운설은 화운룡이 백팔공도검진을 펼쳤다는 사실을 명림에게 전음으로 듣고 알게 되었다.

하지만 용봉호법대는 지금 이 상황이 무슨 영문인지 몰라서 어리둥절한 얼굴로 두리번거렸다.

운설과 명림은 용봉호법대에게 운공을 하라고 이르고는 화운룡을 쳐다보았다.

그가 삼원천성신공을 전개하여 공력을 많이 허비했을 것이기에 걱정하는 마음에서다.

그녀들이 목격한 조금 전의 광경은 실로 전무후무할 만큼 어마어마했다. 도저히 인간의 능력이라는 생각이 들지 않았을 정도였다.

화운룡은 이리저리 거닐면서 골똘한 생각에 잠긴 모습이다.

그는 지금 운공조식을 하고 있는 중이다. 초범입성의 경지에 이르면 굳이 가부좌의 자세가 아닌 어떤 자세나 어떤 상황에서도 운공조식을 할 수가 있다.

백팔공도검진을 펼쳐놓았기 때문에 추격대로서는 절대로 진을 파훼할 수 없으며 원하기만 하면 화운룡 일행은 언제까지라도 이곳에 머물 수가 있다.

하지만 한가하게 그럴 수가 없는 처지다. 자신들만 있다면 비룡은월문 검수들이 도착할 때까지 이러고 있다가 그들과 합세해서 추격대와 싸우면 될 테지만, 후미로 간 십육룡신들과 선두에서 싸우고 있을 홍예와 건곤쌍패, 오백 명의 동창고수들을 염두에 둬야만 하는 것이다.

그래서 화운룡은 고민하고 있는 중이다. 어떻게 하면 비룡은월문 검수들이 올 때까지 희생을 최소한으로 줄이면서 견디느냐는 것이다.

그는 미래 육십삼 년 동안 무림을 활보하면서 겪었던 수만 번의 싸움들을 하나씩 아주 빠르게 떠올려서 훑으며 지금 상황에 가장 적합한 방법을 찾아보기 시작했다.

전호척과 팽일강은 더 이상 전진하지 못하고 멈추었다.

그러고는 망연자실하고 말았다.

“뭐… 야, 이거?”

“이게 도대체 어떻게 된 거요?”

전호척과 팽일강 전면에는 관도가 간데없이 사라졌으며 그 대신 천 길 낭떠러지가 놓여 있었다.

“비켜라!”

전호척은 이곳에 있는 고수들이 균천보 수하들이 아닌데도 버럭 노성을 지르면서 그들을 손으로 밀치며 낭떠러지 가까이 다가갔다.

낭떠러지 아래를 굽어본 전호척과 팽일강은 아연실색한 표정을 지어야만 했다.

그들이 굽어본 낭떠러지 아래는 바닥이 보이지 않을 정도로 깊었으며 컴컴한 데다 짙은 운무가 자욱하게 깔려 있어서 귀기가 감돌았다.

“어찌 이럴 수가…….”

전호척과 팽일강은 얼굴 가득 믿을 수 없다는 표정을 떠올리며 뒤로 물러섰다.

팽일강이 미간을 잔뜩 좁히며 전방을 쏘아보았다.

"보주, 이건 아무래도 눈속임 같소. 얼마 전까지 있었던 관도가 갑자기 사라지고 낭떠러지가 생기다니 그게 말이나 되는 일이오?"

"음. 나도 그렇게 생각하오."

전호척은 가까운 곳에 있는 고수 다섯 명을 손짓으로 불러서 명령했다.

"너희들 앞으로 걸어가 봐라."

고수들은 낭떠러지를 가리키며 질겁했다.

"우리더러 저기로 떨어지라는 말입니까?"

"낭떠러지가 보이지 않습니까?"

그때 다섯 고수가 속한 문파의 수장이 급히 다가오더니 강하게 항의했다.

"내 수하들을 죽일 셈이오?"

그는 하북 풍윤현(豐潤縣)의 실력자인 청검문(淸劍門)의 문주 마동효(馬東曉)다.

비록 균천보가 춘추구패의 하나이며 강삼패(强三覇)에 속하지만 청검문도 녹록한 문파가 아니다.

전호척은 손을 내저으며 마동효를 달랬다.

"마 문주, 저건 눈속임일 뿐이오. 조금 전까지 버젓이 있었던 관도가 느닷없이 사라지고 낭떠러지가 나타나다니 말이나 되는 소리요?"

마동효는 물러나지 않았다.

"그러시다면 본 문의 수하를 시키지 말고 눈속임이라고 생각하는 보주께서 직접 가보시오."

전호척은 말문이 막혔다. 그는 낭떠러지가 눈속임이라고 철석같이 믿고 있지만 직접 가고 싶은 마음은 전혀 없다. 그것은 용기나 배짱의 문제가 아니라 저게 눈속임이 아닌 진짜일 가능성을 전혀 배제할 수 없기 때문이다. 그래서 다른 사람을 시키려는 것이다.

전호척이 아무 말도 못 하자 마동효는 거 보라는 듯이 큰 소리로 말했다.

"보주께서 가지 못하는 것은 저게 눈속임이 아닐 가능성이 있기 때문이 아니오?"

마동효가 격장지계(激將之計)를 썼지만 거기에 휘둘릴 전호척이 아니다.

그렇다고 마동효의 말을 무조건 묵살할 만큼 그는 비열한 성격이 못 된다.

그래서 그가 찾아낸 방법은 추격대 선두에서 여기까지 이끌고 온 균천보 수하 세 명을 낭떠러지로 보내는 것이다.

전호척은 낭떠러지로 가보라는 자신의 명령을 듣고 경직된 세 명의 수하에게 은밀하게 전음을 보냈다.

[눈속임이니까 괜찮다. 너희들이 당당하게 저걸 깨야지만

마동효가 꼬리를 감출 것이다. 너희들이 저것을 깨면 한 등급씩 승급시켜 주겠다.]

전호척은 두둑한 포상을 내걸었다.

수하 세 명은 보일 듯 말 듯 전호척에게 고개를 끄떡여 보이고는 낭떠러지로 향했다.

[나를 믿어라. 저건 눈속임이고 허상이다! 이왕이면 용감하게 달려라!]

전호척이 전음으로 용기를 북돋우자 세 명의 수하는 심호흡을 한 차례 크게 하고 나서 이를 악물고 눈을 부릅뜨고는 전방을 향해 힘차게 달려 나갔다.

타앗!

모두의 시선이 세 명에게 집중되었다.

휘익!

세 명은 달리던 속도에 의해서 낭떠러지 위 허공을 직선으로 쏘아갔다.

그걸 보고 전호척 얼굴에 웃음이 번졌다.

"하하하! 저것 봐라! 내 말대로 역시 눈속임……."

그러나 그는 말을 잇지 못했다.

"으아아!"

"아아악!"

낭떠러지 위로 이 장쯤 쏘아가던 세 명의 수하가 갑자기 아래로 쑥 추락하면서 처절한 비명을 질러댔다.

비명 소리를 듣는 모두의 얼굴에 놀라움과 착잡함이 번졌다.

전호척은 급히 낭떠러지 끝으로 다가가서 아래로 굽어보았다.

그렇지만 세 명의 수하 모습은 저 아래 깔린 자욱한 운무 속으로 사라진 후라서 보이지 않았다.

전호척의 얼굴이 보기 싫게 일그러졌다. 그가 눈속임이라고 떵떵거렸던 말이 모두의 귓전에 아직도 쟁쟁했다.

전호척은 이글거리는 눈빛으로 낭떠러지 너머를 쏘아보았다.

'음! 대체 이게 무슨 조화라는 말인가?'

마동효를 비롯한 청검문 고수들은 싸늘한 시선으로 전호척을 쏘아보았다.

투닥… 툭…….

생각에 골몰해 있던 화운룡은 한쪽에서 둔탁한 소리가 들리자 그쪽을 쳐다보았다.

방금 목과 몸통, 팔다리가 제멋대로 잘려서 백팔공도검진 안쪽에 내팽개쳐진 세 명이 바닥을 뒹굴며 제멋대로 펄떡거렸다.

그들은 조금 전에 낭떠러지로 전력 질주 하다가 추락한 전호척의 수하 세 명이다.

백팔공도검진 저쪽에서 그들은 낭떠러지를 향해 질주하다가 추락했었지만, 진 이쪽에서는 땅에 꽂아놓은 여러 자루 도검을 향해서 제 스스로 몸을 던져 여기저기 마구 잘린 참혹한 몰골이 되었다.

땅에 꽂혀 있는 도검들이 워낙 촘촘한 탓에 그걸 통과하지 못하고 몸이 난도질당한 것이다.

눈속임이라는 전호척의 말을 믿고 낭떠러지에 몸을 내던진 자들의 최후다.

화운룡은 적들이 낭떠러지를 믿지 않고 돌진했다가 저 지경이 된 것이라고 짐작했다.

관도 양쪽과 가장자리에 백팔공도검진이 펼쳐져 있지만 화운룡이 있는 곳에서는 관도 양쪽의 상황이 한눈에 일목요연하게 보였으며 말소리도 잘 들렸다.

문득 화운룡은 마침 좋은 방법이 떠올라서 즉시 장하문에게 천리전음을 보냈다.

[하룡, 운하를 건너서 이쪽으로 온 후에 전음해라.]

장하문은 천리전음을 하지 못하므로 그가 화운룡의 전음을 들었는지는 알 수가 없으나 들었을 것이라고 믿었다.

운설과 명림 등은 여전히 운공조식을 하고 있는 중

이다.

그는 이번에는 추격대 선두 쪽에서 싸우고 있는 홍예와 임오에게 천리전음을 보냈다.

[황검파, 오야. 내 말이 들리면 즉시 싸움을 멈추고 백 장 정도 후퇴한 후에 내 말대로 실행해라.]

선두의 동창고수들이 싸우던 도중에 즉각 물러난다고 해도 어느 정도 시간이 소요될 터이다.

또한 동창고수들이 물러난 직후에 추격대가 뒤쫓겠지만 즉각적이지는 않을 것이다.

치열하게 싸우다가 한쪽이 갑자기 물러날 경우에는 약간의 시간이 지나고 나서 정신을 수습한 후에 추격하는 것이 상식적이다.

화운룡은 열다섯 호흡쯤 기다렸다가 다시 임오에게 천리전음을 보냈다.

[황검파와 수란, 도검이 한 조가 되고, 금의위는 다섯 명을 하나의 조로 하여 네 명이 일렬로 뒤에 서서 앞사람의 어깨에 왼손을 얹고 절반의 공력을 주입하라. 싸움은 선두 한 명만 하고 뒤의 네 명은 최소한의 방어만 하되, 이와 같은 조를 관도를 다 덮을 만큼 일렬횡대로 늘어뜨려서 싸워라. 공력을 주입하는 방법은 다음과 같다.]

이어서 화운룡은 앞사람에게 공력을 주입하는 구결을 알려주었다.

타인에게 공력을 전가하는 이혈투공(移穴投功) 수법의 구결은 매우 간단하고 쉬워서 가르쳐 주기만 하면 누구라도 전개할 수가 있다.

화운룡의 전음에 따라서 임오가 제대로 했는지 어떤지는 이제 운에 맡길 수밖에 없다.

장하문이 도착하면 합류하여 추격대 선두 쪽으로 가서 임오와 동창고수들을 도울 것이다.

마침 운설과 명림, 용봉호법대가 차례로 운공을 끝내고 일어나서 화운룡에게 하나둘씩 다가왔다.

다 모인 후에 화운룡이 작전을 설명했다.

[하룡이 오면 운하를 건너가서 합류하여 추격대 선두로 가서 싸운다.]

[허리와 꼬리는요?]

운설의 물음에 화운룡은 씁쓸한 표정을 지었다.

[좋은 작전이기는 한데 우리 편이 너무 약하다.]

화운룡 쪽에는 용봉호법대가 약하고 선두에선 임오와 동창고수들이 버티지 못하고 있었을 것이다.

허리를 자르고 꼬리를 잡는다고 더 진행하다가는 이쪽에서 피를 보게 될 것 같았다.

결과적으로 임격의 작전은 좋았지만 이쪽이 수적으로나 실력으로 열세라서 실효를 거두기 어렵다.

그때 장하문의 전음이 들렸다.

[주군, 운하 건너에 도착했는데 주군께선 어디에 계십니까? 혹시 관도가 끊어지고 낭떠러지가 생긴 곳에 계십니까?]

외부에서도 백팔공도검진은 낭떠러지로 보였다.

[그렇다. 지금 가마.]

화운룡은 두 손으로 운설과 명림의 손을 잡고 용봉호법대에게 지시했다.

[여섯 명씩 양쪽에서 좌우호법의 손을 잡아라.]

용봉호법대 열두 명이 여섯 명씩 일렬로 운설과 명림의 손을 잡고 길게 늘어섰다.

[각자 절반의 공력을 앞사람에게 주입하면서 최대한 몸을 가볍게 하고 앞사람에게 몸을 맡겨라.]

화운룡은 그렇게 말한 후에 용봉호법대에게 이혈투공의 구결을 알려주었다.

스우우…….

화운룡이 잡고 있는 운설과 명림의 손을 통해서 열네 명의 절반씩의 어마어마한 공력이 쏟아져 들어왔다.

투웃…….

순간 화운룡은 발끝으로 바닥을 가볍게 박차고 수직으로 불쑥 솟구쳤다.

"아아……."

용봉호법대 누군가의 입에서 나직한 탄성이 흘러나왔다.

용봉호법대 열두 명은 지금껏 살아오면서 이처럼 빠른 속도로 허공을 쏘아 올라본 적이 한 번도 없었다.

더구나 이처럼 높이 떠오르는 것은 꿈도 꾸지 못했다.

화운룡은 지상에서 무려 오십여 장이나 수직으로 솟구쳤다가 방향을 운하 쪽으로 꺾어서 유유히 날아갔다.

* * *

추격대들은 삼십여 장 폭의 운하 건너에 장하문을 비롯한 십육룡신이 나타난 것을 발견했지만 그들로서는 도저히 운하를 건널 재간이 없으므로 쳐다보는 수밖에 도리가 없다.

관도의 앞쪽은 낭떠러지고 오른쪽은 삼십여 장 폭의 운하이며 왼쪽은 그보다 더 폭이 넓은 강이므로 어떻게 해볼 재간 없이 갇혀 버린 신세인 것이다.

장하문을 비롯한 십육룡신들조차도 화운룡 일행이 수직으로 솟구치는 것을 발견하지 못했다. 워낙 빨랐기 때문이다.

[하룡, 선두 쪽으로 가자.]

그런데 갑자기 화운룡의 전음이 들리자 장하문은 그를 찾으려고 급히 두리번거렸다.

[위다.]

화운룡의 전음이 다시 들려서 장하문이 위를 쳐다보자 까마득한 밤하늘에 마치 커다란 기러기 같은 검은 물체가 남쪽을 향해서 빠른 속도로 날아가고 있었다.

화운룡이 양손으로 운설과 명림, 용봉호법대를 잡고 있기 때문에 그렇게 보이는 것이다.

총명한 장하문이지만 저렇게 검고 커다란 기러기 같은 물체가 화운룡일 거라는 짐작조차 들지 않았다.

그때 화운룡의 호통이 터졌다.

[뭘 하고 있는 겐가? 어서 선두로 와라!]

순간 장하문은 화운룡 일행이 어디에 있는지 더 이상 신경쓰지 않고서 즉시 용신들을 이끌고 선두 쪽으로 달려갔다.

화운룡은 선두 쪽의 홍예와 임오 등이 어떻게 되었는지 궁금하기 짝이 없었다.

화운룡이 지시한 대로 그들이 제대로 실행하고 있는지, 아니면 그것을 실행하지 못해서 추격대에게 무차별 협공을 당하고 있는지 걱정이 앞섰다.

만약 임오와 동창고수들이 화운룡이 지시한 대로 실행하지 못했다면 지금쯤 지리멸렬하고 있을 것이다.

'내 탓이다. 어리석게도…….'

화운룡은 스스로를 질타했다. 임격의 말을 들었을 때 조금만 더 진지하게 생각했더라면 지금처럼 조급하거나 후회스럽지 않았을 것이다.

선두 쪽이 얼마나 걱정됐으면 장하문을 비롯한 십육룡신 중에서 다친 사람이 없는지 확인해 볼 겨를도 없었다.

화운룡이 걱정했던 것과는 달리 임오를 비롯한 동창고수들은 신세계를 경험하고 있는 중이다.

콰차차차창!

"흐아악!"

"끄아악!"

임오와 동창고수들은 거칠 것 없이 선두 쪽 추격대 고수들을 짓밟고 있었다.

임오는 화운룡이 후퇴하라고 천리전음을 보낸 즉시 수하들을 이끌고 뒤로 백여 장이나 물러났었다.

추격대 선두도 많이 지쳤을 뿐만 아니라 사상자가 꽤 발생한 탓에 동창고수들이 갑자기 물러나는 것을 보면서도 미처 추격할 겨를이 없었다.

그러는 사이에 임오는 화운룡이 지시한 대로 재빨리 다섯 명씩 조를 짜서 네 명이 절반의 공력을 앞쪽의 한 명에게 이혈투공 수법으로 주입하게 만들고는 재차 싸움에 돌입했다.

동창고수들의 평균 공력은 육십 년 수준인데 네 명이 공력의 절반인 삼십 년을 몰아주자 앞쪽 금의위는 졸지에 삼 갑자 백팔십 년이라는 어마어마한 공력을 지니게 되었다.

그런 조를 팔십 개 만들어서 일렬횡대로 세우자 관도를 가득 채우고도 넘쳐서 두 줄로 세웠다.

그 상태에서 임오는 추격대 선두로 돌진하여 말 그대로 파죽지세의 기세로 싸우고 있는 중이다.

콰차차차창!

"흐아악!"

"와아악!"

추격대 선두는 변변하게 저항도 하지 못하면서 퍽퍽 죽어자빠지며 뒤로 밀렸다.

적들의 평균 공력 수위는 오십 년 정도인데 백팔십 년 공력의 동창고수들에게는 아예 상대가 되지 않았다.

화운룡이 선두 상공에 도착했을 때 일렬횡대로 늘어선 동창고수 팔십여 개 조가 추격대를 추풍낙엽처럼 거꾸러뜨리면서 조금씩 전진하고 있었다.

그 광경을 보고 화운룡은 비로소 마음이 놓였다.

[하룡, 동창고수들을 도와라.]

화운룡은 장하문에게 명령하자마자 다시 왔던 방향으로 급선회하여 추격대 선두에서 사백 장쯤 후미 상공에 이르러 운설과 명림, 용봉호법대에게 지시했다.

[설아와 림아는 내 오른쪽에서 각자 싸우고 용봉호법대는 내 왼편에서 여섯 명씩 한 조를 이루어 이혈투공 수법으로 공력을 주입하여 싸워라.]

용봉호법대는 평균 백 년 공력인데 선두의 한 명이 다섯 명에게서 절반의 공력을 주입받으면 자그마치 삼백오십 년 수준이 된다.

[간다!]

화운룡은 지상을 향해 내리꽂히면서 잡고 있던 운설과 명림의 손을 놓고 무황검을 뽑았다.

이어서 공력을 극한으로 끌어올려 지상을 향해 청룡전광검 이초식 용탄을 뿜어냈다.

번쩍!

순간 백광과 금광의 빛줄기가 지상을 향해 부챗살처럼 눈부시게 뿜어졌다.

그와 동시에 운설과 명림도 검을 휘둘러 공격을 퍼부었으며, 용봉호법대 열두 명은 여섯 명씩 일렬로 손을 잡고 하강하며 비룡운검을 쏟아냈다.

콰아아아!

화운룡이 선두에서 사백여 장인 이곳을 선택한 이유는 추격대 선두에서 여기까지의 고수들 수가 대략 천여 명 정도이기 때문이다.

자신과 운설, 명림, 용봉호법대, 홍예와 건곤쌍쾌, 십육룡신, 그리고 동창고수들이면 천여 명은 어렵지 않게 요리할 수 있을 것이다.

그다음에 휴식 시간을 충분히 두고 공력을 회복한 후에 다시 추격대 천여 명을 죽이고, 그러다가 보면 비룡은월문 검수들이 도착할 것이라는 계산이다.

스퍼퍼퍼퍼퍽!

화운룡의 용탄과 운설, 명림, 용봉호법대의 비룡운검 검강까지 막강한 공격이 지상을 완전히 뒤덮었다.

그러고는 잠잠하던 관도에 한바탕 처절한 비명 소리가 어둠 속에 울려 퍼졌다.

"크악!"

"와악!"

그 한 번의 공격으로 오십여 명이 피를 쏟으며 거꾸러졌다.

화운룡은 지상에 내려서기도 전에 왼손을 잡아당겨서 방금 죽은 자들의 무기 수십 자루를 허공으로 끌어당겼다가 홱 아래로 뿌렸다.

쩌쩌쩡! 째쨍!

그는 허공으로 떠오른 수십 자루 도검들을 쇄편탄류의 수법으로 절반 혹은 삼등분으로 잘랐으며, 그것들이 방금 공격을 퍼부은 관도의 북쪽 지상에 한꺼번에 일렬로 꽂히면서 백팔공도검진을 생성해 냈다.

"으왓!"

"무, 물러서랏! 낭떠러지다!"

갑자기 눈앞에 천 길 낭떠러지가 생기자 추격대 고수들이 혼비백산해서 뒤로 물러나느라 법석을 떨었다.

백팔공도검진 남쪽은 방금 화운룡 등의 공격으로 오십여 명이 한꺼번에 죽는 바람에 텅 비었다.

바로 그곳에 화운룡과 운설, 명림, 용봉호법대가 내려서 남쪽을 향해 맹렬하게 무찔러 나갔다.

아까 허리를 끊으러 갔을 때하고는 상황이 달라졌다. 그때는 관도의 남과 북 양쪽에서 파도처럼 돌진해 오는 수백 명의 적들과 싸워야 했지만 지금은 한쪽 방향 남쪽의 고수들만 상대하면 되니까 한결 수월하다.

또한 아까는 용봉호법대 열두 명이 따로 싸우느라 힘겨웠지만 지금은 여섯 명씩 두 개의 조로 뭉쳐서 삼백오십 년 공력을 뿜어내므로 적들은 상대가 되지 않는다.

화운룡이 관도의 중앙에서 전진하면서 무황검을 휘두르고, 오른쪽에는 운설과 명림, 왼쪽에는 용봉호법대 두 개 조가 휩

쓸어 나갔다.

콰아아앗!

전호척과 팽일강은 백팔공도검진에 의해 잘려진 관도에서 발을 구르고 있다가 또 다른 충격적인 보고를 받았다.

선두 쪽 어디에 느닷없이 또 다른 낭떠러지가 생겨서 전진하지 못하고 발이 묶였다는 보고를 듣고 전호척은 그게 무슨 열흘 삶은 호박에 이빨도 들어가지 않을 소리냐면서 버럭 화부터 냈다.

전호척은 지금 눈앞에 갑자기 생겨난 낭떠러지가 필경 절진(絶陣)이라고 판단했다.

처음에는 당황해서 눈속임이라고 생각했었지만, 시간이 조금 지난 다음에 차분히 다시 생각을 정리해 보니까 이건 누군가 매우 고명한 수법으로 절진을 펼친 것이 분명하다는 결론을 내렸다.

그렇다면 낭떠러지 너머에 절진을 펼친 인물이 있으며 관도 북쪽에도 똑같은 절진을 펼쳤을 것이라고 짐작했다.

그래서 적들은 관도의 남쪽과 북쪽에 절진을 펼쳐놓아 중간의 빈 공간을 만들어 그곳에서 휴식을 취하고 있을 것이라고 짐작했다.

그런데 이곳에서 수백 장이나 멀리 떨어진 선두 부근에서도 또다시 난데없이 낭떠러지가 생겼다니 전호척으로서는 믿어지지 않는 일이다.

왜냐하면 절진을 펼친 인물이 지금 낭떠러지 너머 절진 안쪽에 있을 것이라고 생각했기 때문이다.

그렇지만 보고를 받고서 묵살할 수는 없는 일이다. 전호척은 팽일강과 함께 선두를 향해 전력으로 달려갔다.

"이런 빌어먹을……."

춘추구패 중에서 강삼패인 균천보의 보주이며 백무신의 한 명인 명성 높은 전호척의 입에서 마침내 건달들의 상스러운 욕설이 튀어나왔다.

수하의 보고는 틀리지 않았다. 아니, 수하가 감히 하늘 같은 보주에게 거짓말을 할 리가 없다.

오히려 수하는 제대로 보고하지 못했다. 상황은 그보다 더 심각했다.

전호척과 팽일강 앞에는 그 빌어먹을 까마득한 낭떠러지가 떡하니 놓여 있는데 처음에 본 것보다 더 깊은 것 같았다. 두 번째 보는 것이라서 충격을 더 받았기 때문일 것이다.

"으드득……."

전호척은 저절로 이빨이 갈렸다. 자신을 철저하게 농락한 괴인물에 대한 분노가 걷잡을 수 없이 솟구쳤다.

이깟 진 때문에 자신이 꼼짝도 못 한다는 사실이 더욱 견디기 어려웠다.

옆에서 팽일강이 똑같은 분노를 느끼면서 중얼거렸다.

"비룡공자일 것이오."

전호척도 이런 절진을 펼친 인물이 비룡공자일 것이라고 짐작했었지만 인정하기가 싫어서 말로 내뱉지는 않았다. 그러나 이런 상황이 되고 보면 인정하지 않을 수가 없다.

"내 이놈을……."

지금 상황에서는 비룡공자가 관도를 이렇게 막아놓고서 추격대 선두를 무참히 짓밟고 있을 것이라는 짐작은 누구라도 할 수 있다.

팽일강이 안광을 이글거리며 중얼거렸다.

"전 보주, 이대로 있을 것이오?"

"어쩌자는 것이오? 무슨 방법이라도 있소?"

팽일강도 절대로 녹록한 인물이 아니다. 무림팔대세가인 하북팽가의 가주이며 백무신 중 한 명인 그가 이런 식으로 농락을 당하고 가만히 있을 위인이 아니다.

팽일강은 운하를 가리켰다.

"운하를 건너 선두로 가봅시다."

전호척은 운하를 쳐다보며 씁쓸한 표정을 지었다.

"우리 둘만 건너서 무슨 소용이 있겠소?"

전호척과 팽일강 정도의 절정고수라면 일위도강이나 초상비의 상승경공술로 운하를 충분히 건널 수가 있지만 전호척 말마따나 둘만 건너서 무슨 소용이 있겠는가.

팽일강은 어두운 운하의 좌우를 쳐다보았다.

"지나가는 배를 이용합시다."

그런데 지금은 지나가는 배가 한 척도 보이지 않았다.

"일단 우리 둘만 운하를 건너고 수하들은 나중에 배를 붙잡아서 건너라고 합시다. 도대체 앞쪽에 어떤 일이 벌어지고 있는 것인지 궁금해서 미치겠소."

"그건 나도 그렇소."

화운룡은 또다시 계획을 바꾸었다.

싸움이라는 것은, 특히 지금처럼 대규모 전투일 경우에는 시시때때로 상황이 변하기 때문에 작전이나 계획도 때에 따라서 적절히 변할 수밖에 없다.

시시각각 상황이 변하고 있는데도 최초의 작전을 고수한다면 득보다 실이 많은 법이다.

화운룡은 처음에 임격의 조언을 받아들여서 추격대의 허리를 자르고 꼬리를 공격하여 잡아당기는 작전을 실행했지만 실효를 거두지 못하고 큰 낭패를 보기 전에 즉시 다른 작전으로 바꾸어서 실행했다.

선두의 추격대 천여 명을 백팔공도검진으로 뚝 잘라내서 그들을 앞뒤에서 공격하여 전멸시킨 후에, 그 뒤쪽의 적 천여 명을 또 잘라내서 공격, 그런 식으로 두 번 세 번 반복해서 추격대 전체를 차근차근 전멸시킨다는 계획이었다.

이 작전은 보기 좋게 성공하여 선두 쪽 적 천여 명을 몰살하는 데 성공했지만 동창고수들이 몹시 지쳐서 계속 싸우기 어려운 상황이 되었다.

뿐만 아니라 아직 어린 데다 싸움 경험이 부족한 용봉호법대도 싸움을 이어가기 어려운 형편이었다.

그래서 일단 물러나기로 결정했으며 이 시점에서 화운룡은 한 가지 사실을 깨달았다.

현재 자신의 수하들이 미래의 수하들에 비해서 현저하게 약하다는 사실이다.

그가 세우는 계획은 미래에서는 정확했으며 잘 통했지만 과거인 현재에서는 잘 먹히지 않았다. 수하의 전력을 착각하기 때문이다.

더구나 현재 가장 큰 문제는 동창고수가 삼십오 명이 죽었으며 백여 명 이상 부상을 당했다는 사실이다.

이런 상황에서 싸움을 계속한다면 동창고수들은 전멸하고 말 것이다.

그래서 일단 후퇴해서 남하하다가 비룡은월문 검수들과 합류하여 전열을 가다듬은 후에 재차 추격대를 도모하기로 계획을 변경했다.

추격대를 용서할 생각은 추호도 없다.

第二章

이것은 전쟁이다

운하를 건넌 전호척과 팽일강 두 명은 남쪽으로 달려서 추격대의 선두라고 여겨지는 지점에서 멈추었다.

그들은 안력을 돋우어서 삼십여 장 폭의 캄캄한 운하 너머를 자세히 살펴보았다.

그런데 추격대의 선두가 더 이상 전진을 하지 못하고 있는 광경이 보였다.

이쪽에서 보니까 그들의 앞에는 천 길 낭떠러지가 가로놓여 있었다.

"음! 절진일 것이오."

팽일강이 무거운 신음을 흘렸다. 절진이 펼쳐져 있어서 선두의 눈에는 낭떠러지로 보일 테니까 더 이상 전진하지 못하고 있을 것이라는 뜻이다.

그때 전호척이 선두 앞쪽에서 무언가를 발견하고 눈을 커다랗게 떴다.

"저기!"

때마침 팽일강도 같은 것을 발견하고 보기 싫게 뺨을 씰룩거리며 신음을 내뱉었다.

"으음! 선두가 당했소……!"

전호척과 팽일강이 비어 있다고 여겼던 선두 앞쪽의 관도에 죽어 있는 수백 구의 시체들을 뒤늦게 발견한 것이다.

"비룡공자가 선두 뒤쪽에 절진을 펼쳐서 막아놓고 선두를 몰살시킨 것 같소."

팽일강이 말할 때 전호척은 이미 운하 건너를 향해 신형을 날리고 있었다.

팽일강도 뒤늦게 몸을 날려 일위도강의 상승경공으로 운하를 건넜다.

한발 앞서 운하를 건넌 전호척은 관도에 펼쳐져 있는 참혹한 광경에 뺨이 마구 푸들푸들 경련을 일으켰다.

"으으… 비룡공자 이놈……!"

관도 바닥에는 발을 디딜 수 없을 정도로 시체들이 수북했으며 피가 작은 냇물이 되어 관도 양쪽으로 흐르고 있었다. 산전수전 두루 겪은 전호척과 팽일강으로서도 오만상이 찌푸려질 정도로 끔찍한 광경이었다.

시체들은 대부분 두 종류의 복장을 하고 있는데 균천보와 하북팽가의 고수들이었다. 그들이 추격대 선두를 구성하고 있었기 때문이다.

전호척과 팽일강은 낯익은 얼굴들이 핏물 속에 뒤엉켜 있는 광경을 보고 더욱 속에서 천불이 치솟았다.

관도 사백여 장 안에서 죽은 균천보와 하북팽가 고수의 시체는 천여 구에 이르렀다.

그 참혹한 광경을 보면서 전호척과 팽일강은 들끓는 분노 때문에 이성이 마비될 지경이라 한동안 아무 말도 하지 못하고 얼굴이 붉으락푸르락하며 거친 콧김만 뿜어냈다.

문득 무슨 생각이 났는지 전호척이 서둘러서 선두의 끝부분으로 달려갔다.

그러고는 그곳 관도 바닥에 일렬로 어지럽게 부러진 도검이 무수히 꽂혀 있는 광경을 발견했다.

팽일강도 달려와서 전호척이 보고 있는 광경을 보고는 신음을 토해냈다.

"음… 이것이 절진의 실체인 모양이오."

전호척과 팽일강이 서 있는 곳에서는 동강 난 도검 백여 자루가 관도 끝에서 끝까지, 그리고 가장자리의 땅에 빼곡하게 꽂혀 있는 광경이 펼쳐졌다.

하지만 관도 너머의 추격대 앞에는 천 길 낭떠러지가 가로놓였을 것이다.

전호척이 백팔공도검진으로 성큼 다가가는 것을 보고 팽일강이 물었다.

"무얼 하시려는 게요?"

전호척은 땅에 꽂혀 있는 도검을 향해 손을 뻗으면서 분노를 참으며 당연하다는 듯 대답했다.

"뽑아버려야지 그럼 그냥 두겠소?"

"조심하시오!"

팽일강이 외치듯이 말했지만 전호척은 이미 도검 몇 개를 손으로 잡고 있었다.

지지이잉!

"으헛!"

그 순간 전호척이 잡으려고 했던 도검에서 번갯불 같은 눈부신 파장이 폭발하듯이 뿜어졌다.

전호척은 도검을 잡으려던 두 팔에 마치 불에 덴 것처럼 뜨겁고 강력한 반탄력 같은 것을 느끼고 급히 뒤로 물러났다.

"전 보주! 옷에 불이 붙었소!"

팽일강이 급히 소리쳐서 보니까 전호척의 두 팔과 상의에 불이 붙어 타고 있었다.

"우웃……!"

전호척은 다급하게 옷에 붙은 불을 끄려고 했으나 꺼지지 않자 급기야 상의를 벗어서 바닥에 팽개치고서야 불길에서 겨우 벗어났다.

전호척은 진을 파훼하려다가 낭패를 당한 데다 상의까지 벗어 맨몸 상체를 드러낸 꼴이 되어 수치스러움을 견디지 못하고 몸을 떨며 이를 갈았다.

"으드득……! 비룡공자 이놈을 반드시 죽이리라……!"

그렇지만 그렇게 말한 전호척이나 팽일강은 한 번도 본 적이 없는 비룡공자의 놀라운 능력에 내심 찬탄과 두려움을 느끼고 있었다. 하지만 그것에 대해서는 한마디도 입 밖에 꺼내지 않았다.

화운룡은 일행을 이끌고 운하를 따라서 남쪽으로 쉬지 않고 질주했다.

동창고수들이 몹시 지쳤으며 특히 부상자들이 백여 명에 달해서 치료와 휴식을 취해야 하는 상황이지만 달리는 것을 멈추지 않았다.

추격대가 운하를 건너서 추격을 할 수 있으며 비룡은월문 검수들과 한시바삐 합류하기 위해서다.

모두들 부상자들을 부축하고 죽은 동창고수 시체들은 들쳐 업은 채 달리고 있다.

화운룡 본인이 몸소 동창고수 시체 한 구를 업고 있으므로 아무도 힘들다고 불평을 하지 못했다.

그렇지만 부상자가 많고 다들 몹시 지친 상태라서 속도를 내지는 못했다.

그때 이각 전에 전방으로 척후를 갔던 벽상과 조연무가 돌아와서 보고했다.

"오 리쯤에 우리 쪽 배가 있습니다!"

화운룡은 고개를 끄떡였다.

"됐다."

시체들과 부상자를 배에 태우면 한숨 돌릴 수가 있다.

그는 모두를 독려했다.

"조금만 더 가자! 힘을 내라!"

일행이 다시 힘을 내서 달리기 시작했다.

화운룡은 일부러 선두가 아닌 뒤쪽에서 달렸다. 낙오자가 있으면 도와주려는 것이다.

그때 화운룡의 시선에 후미에서 임격과 두 아들 임호, 임우가 힘겹게 따라오고 있는 모습이 들어왔다.

임격이 부상을 당한 모양인데 임호와 임우가 양쪽에서 부축을 한 상태에서 뒤치지지 않으려고 애쓰며 달리고 있다.

그렇지만 화운룡이 봤을 때 임격의 부상이 심한 편이라서 부축만으로는 달리는 것이 어려운 것 같았다.

그러면서도 일행에 뒤처지지 않으려고 애쓰는 기색이 임격 얼굴에 역력했다.

화운룡은 즉시 임격에게 달려갔다.

"아버님, 다치셨습니까?"

"주군……."

임격은 움찔 놀랐으나 곧 고개를 가로저었다.

"속하는 괜찮으니까 신경 쓰지 마시고 다른 사람들이나 돌봐주시오."

화운룡이 자세히 보니까 임격은 길고도 깊이 베어진 옆구리에서 피를 많이 흘리고 있었다.

지혈을 한 것 같은데 제대로 하지 않았고 또 무리하게 달리다 보니까 그나마 지혈마저도 풀린 것 같았다.

화운룡이 보고 있는 중에도 임격의 옆구리에서 피가 쿨럭 쿨럭 쏟아져 하체를 시뻘겋게 물들였다.

"급한 대로 치료를 해야겠습니다."

화운룡이 임호와 임우를 뿌리치고 다가서자 임격은 완강하게 저항했다.

"속하는 괜찮다고 하지 않았소? 그만두시오!"

화운룡은 무형지기를 뿜어서 임격의 마혈을 제압했다.

"음……."

임격은 손가락조차 움직이지 못하게 되자 자신이 화운룡에게 제압됐다는 사실을 깨닫고 눈을 한껏 부릅떴다.

"주군!"

그는 정식으로 화운룡의 수하가 된 것이 아닌데도 스스로를 '속하'라 칭하고 스스럼없이 화운룡을 주군이라 불렀다.

"날 주군으로 여긴다면 가만히 치료를 받으십시오."

"주군……."

"지금 당장 치료하지 않으면 아버님은 죽습니다."

죽는다는 말에 임격은 아무 말도 하지 못했고 임호와 임우는 놀라서 어쩔 줄을 몰랐다.

화운룡은 반각이 걸려서 임격의 급한 치료를 끝냈다.

완벽하게 지혈을 하고 검에 길게 베어진 옆구리 부위를 극양지기로 봉합까지 해버렸으므로 앞으로 정양만 잘하면 될 터이다.

치료를 끝내자 임격이 머뭇거리다가 어렵사리 입을 열었다.

"주군, 죄송하오."

"뭐가 말입니까?"

"속하가 추격대의 허리를 자르고 꼬리를 잡으라고 권유한 것 말이오."

거기에 대해서 임격도 마음에 두고 있었던 것 같았다. 누가 보더라도 추격대의 허리를 자르고 꼬리를 잡는 작전은 실패했다는 사실을 짐작할 수 있다.

"아버님 잘못이 아닙니다."

"그렇지 않소. 속하가 쓸데없는 권유를 해서……."

화운룡이 딱 잘라서 말했다.

"수하는 어떤 작전이라도 말할 수 있습니다. 그것을 상황에 맞게 가려서 실행하거나 하지 않는 것은 내 소관입니다. 그런 점에서 내 실수였습니다."

임격이 듣기에 화운룡의 말이 백번 옳다. 예전에 임격이 팔십만황군총교두의 높은 지위에 있을 때에도 화운룡이 말한 것처럼 측근들이 이것저것 좋은 제도나 작전 것들을 품신하는 경우가 많았으며 임격은 그것을 실행할 것인지 아닌지를 고민해서 결정을 내렸었다.

그리고 그 결정에 대한 책임은 온전히 임격의 몫이었다.

그렇기 때문에 화운룡의 말은 충분히 납득할 수 있다. 다만 지금은 임격 자신이 결정을 하는 입장이 아니라 작전을 품신하는 신분이라는 사실만 받아들인다면 말이다.

화운룡의 말을 들으니까 임격은 옆구리에 상처를 입은 것보다 더 마음을 짓누르고 있던 커다란 짐을 벗어버린 것 같아서 홀가분해졌다.

화운룡은 조금 전까지 자신이 업고 있던 시체를 임호에게 업도록 하고 자신이 임격을 안았다.

"두 사람은 양쪽에서 나를 꼭 잡도록 하라."

임호와 임우가 자신의 팔을 힘껏 잡자 화운룡은 갑자기 경공을 전개하여 화살보다 더 빠르게 쏘아 나갔다.

"아앗!"

두 사람은 소스라치게 놀라서 하마터면 잡고 있던 화운룡의 팔을 놓칠 뻔했다.

슈우우——

준마가 최고 속도로 달리는 것보다 세 배 이상 빠른 속도라는 것을 이들은 지금까지 살아오면서 단 한 번도 경험해 본 적이 없었다.

더구나 화운룡은 임격을 안고 있으며 양쪽에 시체를 업은 임호와 임우까지 매달았으므로 네 사람을 이끌고서 이처럼 놀라운 경공을 전개하고 있는 것이다.

놀라기는 임격도 마찬가지다. 그는 화운룡에게 안겨 있는 탓에 약간 부끄러움을 느끼고 있었으나 느닷없이 세찬 바람이 귓전을 스치는 것에 놀라서 눈을 번쩍 떴다.

그가 눈을 뜨자 자연스럽게 화운룡의 얼굴을 아래에서 위로 올려다보게 되었다.

그의 시선 끝에 준수한 젊은이의 모습이 있었다.

그러나 임격의 눈에는 준수함 같은 것은 그다지 눈에 들어오지 않았다.

다만 존경과 흠모와 충성을 바쳐야 할 주군의 모습으로 보일 뿐이었다.

'이분이다……!'

갑자기 임격의 심장이 두근거리고 호흡이 가빠졌다. 자신의 얼마 남지 않은 생을 다 바쳐서 목숨 걸고 충성해야 할 주군의 모습을 발견했기 때문이다.

지금까지의 그는 장남 임오가 화운룡을 주군으로 모시기에 자신도 존중의 의미로 주군이라는 호칭을 사용했었지만 이제부터는 아니다.

그의 입술 사이로 나직한 중얼거림이 흘러나왔다.

"주군……."

그는 일평생 누군가를 주군이라고 불러본 적이 없었다.

화운룡은 달리면서 임격을 굽어보았다.

"말씀하십시오."

임격은 진중하게 말했다.

"주군께선 속하 임격의 주군이십니다."

조금 전의 주군과 지금의 주군이 다르다는 뜻인데 화운룡은 그 의미를 아는지 모르는지 보기 좋은 미소를 지어 보였다.

"그렇습니까?"

"그렇습니다."

임격은 더 이상 말하지 않고 눈을 감았다.

화운룡은 동창고수의 시신과 부상자들을 배에 태우고 운하 남쪽으로 떠나보냈다.

그러고는 남은 인원을 이끌고 계속 남하했다.

화운룡 일행이 일곱 척의 배를 앞질렀지만 지금으로선 배에 연연할 수 없는 상황이다.

동녘 하늘이 부옇게 밝아올 무렵 화운룡 일행은 추격대가 있는 곳에서 백오십여 리 정도 남쪽으로 달려온 상황이다.

선두에서 달리는 화운룡 옆으로 장하문이 가까이 다가와서 심각한 표정으로 말했다.

"주군, 거리상으로는 본 문 검수들하고 두 시진 전에 합류했어야 하는데 너무 늦습니다."

화운룡도 비룡은월문 검수들과의 거리와 시간을 재보고는 그들이 늦는 것을 이상하게 여기고 있던 중이다.

"비홍은?"

비룡은월문에서는 전서구 대신 생존성이 탁월한 매 즉, 비응신의 붉은 매 비홍을 사용하고 있다.

"우리가 최초에 보낸 비홍이 아직 돌아오지 않았습니다."

이쪽과 저쪽에 총 네 마리 비홍을 보유하고 있으며 한번 보낸 비홍은 답장을 갖고 돌아오게 되어 있다.

만약 비룡은월문 검수들에게 무슨 변고가 발생했다면 즉각 비홍을 날려 보냈을 것인데 그러지 않은 것으로 봐서는 별일이 없다는 뜻이다.

그런데도 화운룡은 안개처럼 피어오르는 옅은 불안감을 떨쳐내지 못했다.

'그들에게 무슨 일이 생겼다.'

그것이 무엇인지 정확하게는 모르겠지만 비룡은월문 검수들에게 무슨 일이 생겼을 것이라는 거의 확신에 가까운 예감이 들었다.

하지만 화운룡은 그것을 입 밖에 꺼내지는 않았다. 누군가에게 말하면 그것이 현실이 될 것 같은 야릇한 느낌 때문이다.

그는 삼백 명의 동창고수들을 뒤에 따라오도록 하고 운설과 명림, 홍예, 건곤쌍쾌, 십육룡신과 용봉호법대만을 이끌고 앞서 달리기 시작했다.

*　　　*　　　*

화운룡의 불길한 예감이 적중했다.

그는 전방 이십여 리쯤에서 요란하게 무기끼리 부딪치는 소리와 기합 소리, 외침, 비명 소리가 한데 뒤섞여서 터져 나오는 것을 들었다.

일행 중에서 그런 소리를 들은 사람은 무공이 가장 높은 화운룡 한 사람뿐이다.

비룡은월문 검수의 수는 천오백여 명이다. 그들이 저런 소리를 내면서 싸우고 있다면 적의 수가 비슷하거나 그보다 많다는 뜻이다.

"전방 이십 리쯤에서 싸우고 있다."

그가 나직하게 중얼거리자 그의 좌우에서 달리고 있는 운설과 명림, 장하문, 홍예가 움찔 놀라서 그를 쳐다보았다.

전방에서 싸우고 있다면 십중팔구 비룡은월문 검수들이라서 모두의 안색이 급변했다.

화운룡은 달리면서 명림을 쳐다보았다.

"운명갑을 갖고 왔느냐?"

"네!"

명림이 힘차게 대답했다.

화운룡은 명림과 양체합일을 해야겠다는 생각이 들었다.

'이런……'

명림과 운명갑 속에서 양체합일을 한 상태인 화운룡은 눈 앞에서 벌어지고 있는 광경을 보고는 미간을 잔뜩 좁혔다.

현재 그는 운하에서 동쪽으로 오백 장쯤 떨어진 야트막한 언덕 위에 멈춰 있다.

언덕은 매우 완만한 경사를 이루고 있으며 그 아래는 끝이 보이지 않을 정도로 드넓은 들판인데 그곳에서 치열한 싸움이 벌어지고 있는 중이다.

그것은 싸움이라기보다는 전투라고 해야 맞을 것 같았다. 소규모 인원일 때 싸움이라고 하는 것이지 이처럼 수천 명의 싸움은 전투라고 해야 맞다.

화운룡의 미간을 찌푸려지게 만든 이유는 비룡은월문 검수들이 들판 한가운데 몰려 있으며, 그들보다 두 배 이상 많아 보이는 홍의고수들이 겹겹이 포위한 상태에서 공격을 퍼붓고 있기 때문이었다.

말하자면 홍의고수들이 포위한 채 공격을 하고 포위망 안에 갇힌 비룡은월문 검수들이 방어를 하고 있는 것이다.

화운룡이 언뜻 보기에 홍의고수의 수는 무려 사천여 명에 달했다.

그들의 복장은 화운룡이 북경 광덕왕부에서 봤던 천외신계 서천문 고수와 같았다.

그렇다면 저들 사천여 명은 천외신계 서천문 홍투정수들이 분명하다.

도대체 저들이 어떻게 이곳에서 비룡은월문 검수들을 협공하고 있는지 모를 일이다.

그런데 그뿐만이 아니다. 그들이 싸우고 있는 바깥쪽에 또 다른 두 겹의 거대한 포위망이 있으며, 놀랍게도 그들은 하나같이 말을 타고 있는데 투구를 쓰고 붉은색의 갑옷을 입은 군사들이었다.

비룡은월문 천오백여 명과 홍의고수 사천여 명을 포위하려면 얼마나 많은 인원이 필요하겠는가.

붉은 갑옷의 군사 수는 자그마치 만여 명에 달했다.

그들은 기마병인 듯했다. 허리에는 칼을 차고 오른손에는 장창을 쥔 채 두 겹의 단단한 포위망을 형성하고 있었다.

홍투정수와 같이 행동하고 있다면 붉은 갑옷의 군사들은 천외신계 서천국 오외신군일 것이다.

천외신계 군대인 천외신군은 총 여덟 개 외신군 팔십만 명이 있으며 서천국은 오외신군 십만 명을 보유하고 있다.

서천국에는 서천문이라는 문파에 오천 고수가, 오외신군에는 십만강병이 있다고 했었다.

화운룡의 시선이 한쪽으로 향했다.

기마병들에게서 뚝 떨어진 곳에 한 인물이 새카만 흑마를 타고 있는 모습이 보였다.

그가 누군지는 모르지만 만여 명 기마병과 사천여 명 홍의 고수들을 총지휘하는 우두머리가 분명했다.

화운룡이 보고 있는 인물을 같이 보는 명림이 운명갑 속에서 떨리는 목소리로 전음을 보냈다.

[혹시 저 흑마의 인물이 천외신계 서천국의 제후라는 서초후가 아닐까요?]

[음, 내 생각도 그런 것 같다.]

천외신계 서천국의 이인자이며 오외신군의 대장군인 서절신군은 화운룡에게 죽었으므로 이 정도 엄청난 대군을 이끌 정도의 인물은 서초후밖에 없을 터이다.

서초후는 북경으로 진군하여 황궁과 관, 군대를 접수하는 임무를 맡았다고 했었다.

[어떻게 하죠? 저대로 놔두면 본 문 검수들이 모조리 전멸하고 말 거예요.]

명림의 걱정 서린 전음이 아니더라도 화운룡은 이미 날카롭게 싸움터와 주변을 살펴보고 있는 중이다.

화운룡이 있는 언덕은 아래에서부터 위까지 잡목이 우거져 있어서 아래쪽에서는 이쪽이 보이지 않았다.

화운룡의 미간이 점점 더 찌푸려졌다. 천오백 대 만 사천의 싸움이라니 좀처럼 대책이 서지 않았다.

하지만 하늘이 무너지는 한이 있더라도 비룡은월문 검수들을 구해내야만 한다.

저들을 저대로 죽게 내버려 둔다는 것은 있을 수도 없는 일이다. 그러므로 반드시 방법을 찾아야 한다.

포위망 안쪽 땅에 쓰러져 있는 비룡은월문 검수들의 모습이 아프게 화운룡의 동공 속으로 파고들었다.

그 수는 오륙십 명에 이르렀는데 죽은 사람도 있을 테고 부상자도 있을 것이다.

그리고 화운룡이 보고 있는 동안에도 피아간에 비명 소리가 난무하고 있는데 그중에 비룡은월문 검수의 비명 소리도 있을 것이다.

그러는 사이에 화운룡 좌우로 운설과 장하문 등이 속속 도착하고 나서 들판을 내려다보고는 크게 놀라 아무 말도 하지 못했다.

'포위망을 뚫을 수밖에 없다.'

화운룡이 그런 생각을 하고 있을 때 장하문이 옆에 다가와서 굳은 얼굴로 전음했다.

[주군, 안팎에서 한쪽 포위망을 집중적으로 공격해서 뚫어야 할 것 같습니다.]

화운룡은 고개를 끄떡였다.

[그래. 바깥 군사 포위망은 우리가 뚫고 안쪽은 본 문 검수들이 뚫어야 한다.]

[포위망을 뚫고 검수들을 운하 옆 관도를 따라서 전력으로 도주시킨 후에 우리가 관도를 막고 시간을 벌면 충분히 가능한 작전입니다.]

화운룡과 운설, 명림, 홍예를 비롯한 십육룡신과 용봉호법대가 관도를 틀어막는다면 적들이 아무리 많아도 추격하지 못할 것이다.

관도 서쪽은 운하고 동쪽은 숲과 산이라서 그곳으로 추격하는 것은 어렵기 때문이다.

화운룡은 머리를 빠르게 굴리고 나서 말했다.

[아니다. 적을 모두 섬멸한다.]

도주를 하는 것조차 하늘의 별 따기인데 섬멸이라니…….

[주군…….]

그의 말에 장하문이 놀라서 쳐다보았다.

화운룡은 도주보다는 적을 섬멸하는 쪽을 선택했다. 둘 다 어려운 일이라면 적을 깨부수는 쪽을 선택한 것이다. 그렇다고 해서 궁지에 몰린 쥐가 도리어 고양이를 문다는 궁서설묘(窮鼠囓猫)의 하책이 아니다.

어렵게 포위망을 뚫은 후에 적을 등 뒤에 두고 도주하기보다는 포위망을 뚫고 나와서 유리한 고지를 선점하여 회천탄으로 최대한 많은 적들을 쏘아 죽여서 더 이상 싸울 생각을 품지 못하도록 만들자는 것이다.

[가능하겠습니까?]

화운룡의 의지를 꺾을 수 없다고 판단한 장하문이 진중하게 물었다.

[가능하게 만들어야지.]

이럴 때마다 장하문은 화운룡에게 기가 질리고 그다음에는 한 수 배운 것 같은 기분이 든다.

장하문이었다면 이런 상황에서 무조건 안전 제일주의를 선택했을 테니까 말이다.

화운룡은 즉시 포위망 안의 당평원에게 전음을 보냈다.

[총대주, 작전을 지시하겠다.]

포위망 안쪽에서 홍투정수들을 상대로 치열하게 싸우고 있는 총대주 당평원이 움찔 놀라는 모습이 화운룡의 눈에 잡힐 것처럼 똑똑히 보였다.

당평원은 뒤로 물러나면서 화운룡을 찾으려고 주위를 둘러보았다.

[총대주, 나는 언덕 위에 있다. 그곳에서는 보이지 않으니까 찾으려고 애쓰지 마라. 지금부터 내 작전을 잘 듣고 나서 내가 신호하면 실행하라.]

화운룡은 당평원의 얼굴이 환하게 펴지는 것을 보았다. 화운룡이 왔으므로 이제는 절망에서 빠져나올 수 있다고 철석같이 믿기 때문이다.

화운룡이 왔는데도 자신들이 포위망에서 탈출하지 못할 것이라는 생각은 손톱만큼도 하지 않는다.

화운룡이 안력을 돋우어 자세히 살펴보니 비룡은월문 검수들이 등에 메고 있는 전통에 무령강전이 가득했다.

항상 최소 삼십 발씩의 무령강전을 지니고 다니는데 그대로 남아 있는 것 같았다.

그것은 비룡은월문 검수들이 천외신계 홍투정수들과 군사들을 상대로 회천탄을 전개할 기회조차 없이 짧은 시간에 포위되었다는 뜻이기도 하다.

지금은 피아간에 거리가 너무 가까운 근접전 상황이라서 회천탄을 전개해도 별 소용이 없다.

회천탄 공격이 주효하려면 최단 십여 장에서 최장 삼십 장까지 거리를 둬야 한다.

화운룡은 언덕 아래쪽에서 가장 가까운 군사들의 포위망을 뚫기로 작정했다.

그래야지만 비룡은월문 검수들이 탈출하여 언덕으로 달려 올라와서 위에서 아래로 소나기처럼 무령강전을 퍼부을 수 있을 테니까 말이다.

그러나 이 작전은 절대로 쉽지 않을 것이다.

성공하려면 무서운 집중력으로 도합 세 개의 포위망을 뚫어야 한다.

[최소한 삼 장 폭으로 뚫어야 한다. 처음에는 회천탄으로, 그 직후에 나와 운설, 황검파가 중앙을, 하룡과 십오룡신이 오른쪽, 용봉호법대가 왼쪽을 집중 공격 한다.]

화운룡의 전음이 모두에게 빠르게 전달됐다.

가장 단순하면서도 확실한 방법이다. 또한 지금으로선 그것이 최선책이다.

[준비됐느냐?]

화운룡이 돌아보자 모두들 결의에 찬 표정으로 묵묵히 고개를 끄떡였다.

명림과 운명갑으로 한 몸이 된 화운룡이 제일 먼저 언덕 아래로 쏘아 내려갔다.

[가자.]

언덕 아래에 이르러서 화운룡 일행은 일단 멈추고 전열을 가다듬었다.

그들이 있는 언덕 아래 숲 가장자리에서 붉은 갑옷의 군사 즉, 오외신군이 포위망을 형성하고 있는 곳까지의 거리는 이십여 장이다.

화운룡은 명림과 양체합일된 덕분에 육백 년이 넘는 어마어마한 공력을 지녔으므로 그가 공격의 중심이 돼야 한다.

또한 가장 많은 활약을 펼쳐야 할 것이다.

그는 숲 밖으로 나가기 전에 당평원에게 전음을 보냈다.

[총대주! 지금이다!]

당평원은 최초에 화운룡으로부터 전음을 받은 직후에 비룡은월문 열한 명의 대주들에게 각자의 검대가 실행하게 될 작전을 지시했다.

물론 그 작전은 화운룡이 전음으로 알려준 내용이다.

열한 명의 대주들은 만반의 준비를 갖추고 당평원의 명령이 떨어지기만 기다리고 있다.

당평원이 쩌렁하게 외쳤다.

"공격하라!"

열한 개 검대들 중에서 가장 막강한 용설운검대와 비룡검대, 해룡검대, 진검대 오백여 명이 표적으로 삼은 언덕 쪽 포위망 가까이에 미리 집결해 있었다.

벼락같이 공격하여 삼 장 폭의 포위망을 뚫으면 다른 검수 천여 명이 빠져나가고 뒤따라서 진검대, 해룡, 비룡, 용설운검대가 빠져나가는 작전이다.

숲에서 쏘아 나온 화운룡은 오외신군 포위망을 향해 일직선 빛처럼 쏘아가며 삼원천성신공을 끌어올려 청룡전광검 용탄을 전개했다.

그가 워낙 빠른 속도로 쏘아가는 터라서 아무도 그를 발견하지 못했다.

급습을 당할 것이라고는 추호도 생각하지 않고 있던 군사들은 모두 포위망 안쪽을 향하고 있는 상황이다.

과우우웅!

화운룡이 발출한 용탄이 일곱 가지 칠채보광을 뿜으면서 일직선으로 부챗살처럼 뻗어 나갔다.

원래 청룡전광검 이초식 용탄은 백광과 금광이 뒤섞인 모습으로 검강이 수십 줄기로 쪼개져서 쏘아가는데 지금은 화운룡이 삼원천성신공을 발휘했기 때문에 칠채보광이 뿜어지고 있는 것이다.

투앙!

그와 동시에 십육룡신과 용봉호법대가 일제히 회천탄을 전개하여 한 명당 세 발씩의 무령강전을 발사했다.

그리고 한 걸음 늦게 운설과 홍예, 건곤쌍쾌가 검강을 뿜어내며 돌진했다.

느닷없이 굉음이 터지자 군사들이 급히 뒤돌아봤으나 굉음의 정체를 알기도 전에 거의 백여 줄기의 용탄 칠채보광이 그들을 휩쓸었다.

콰콰콰아아!

믿을 수 없게도 한 번의 용탄에 무려 칠십여 명의 군사들이 적중되어 태풍에 휘말리듯 안쪽으로 날려갔다.

그도 그럴 것이 자그마치 육백칠십 년이라는 어마어마한 공력으로 전개한 용탄이 아닌가.

그러고는 여든네 발의 무령강전들이 방금 용탄에 날려간 곳 좌우의 군사들을 휩쓸었다.

퍼퍼퍼퍼퍽!

"크악!"

"흐억!"

여든네 발의 무령강전은 한꺼번에 육십여 명의 군사들에게 꽂혀서 가랑잎처럼 날아가게 만들었다.

운설과 홍예, 건곤쌍쾌의 검강이 그 옆 군사들에게 적중되기도 전에 화운룡이 발출한 두 번째 용탄이 강둑을 허물듯이 군사들을 또다시 쓸어 날렸다.

콰콰콰우웅!

십육룡신과 용봉호법대가 포위망에 도달하기 전에 두 번째 여든네 발의 무령강전을 쏘아냈으며, 운결과 홍예, 건곤쌍쾌의 두 번째 공격도 합세했다.

화운룡이 포위망에 도착했을 때 그곳에는 폭 오 장의 커다란 구멍이 뚫렸다.

그곳을 지키던 군사들은 화운룡의 두 번의 용탄과 백육십여 발의 무령강전에 전멸한 상태다.

하지만 그게 끝이 아니다. 오외신군의 포위망은 두 겹이므로 안쪽에 있는 또 하나의 포위망을 뚫어야 한다.

히히히힝! 이히힝!

군사들이 타고 있던 말들이 이리저리 날뛰면서 포위망을 흩뜨려 놓는 것이 화운룡 일행에게 도움을 주었다.

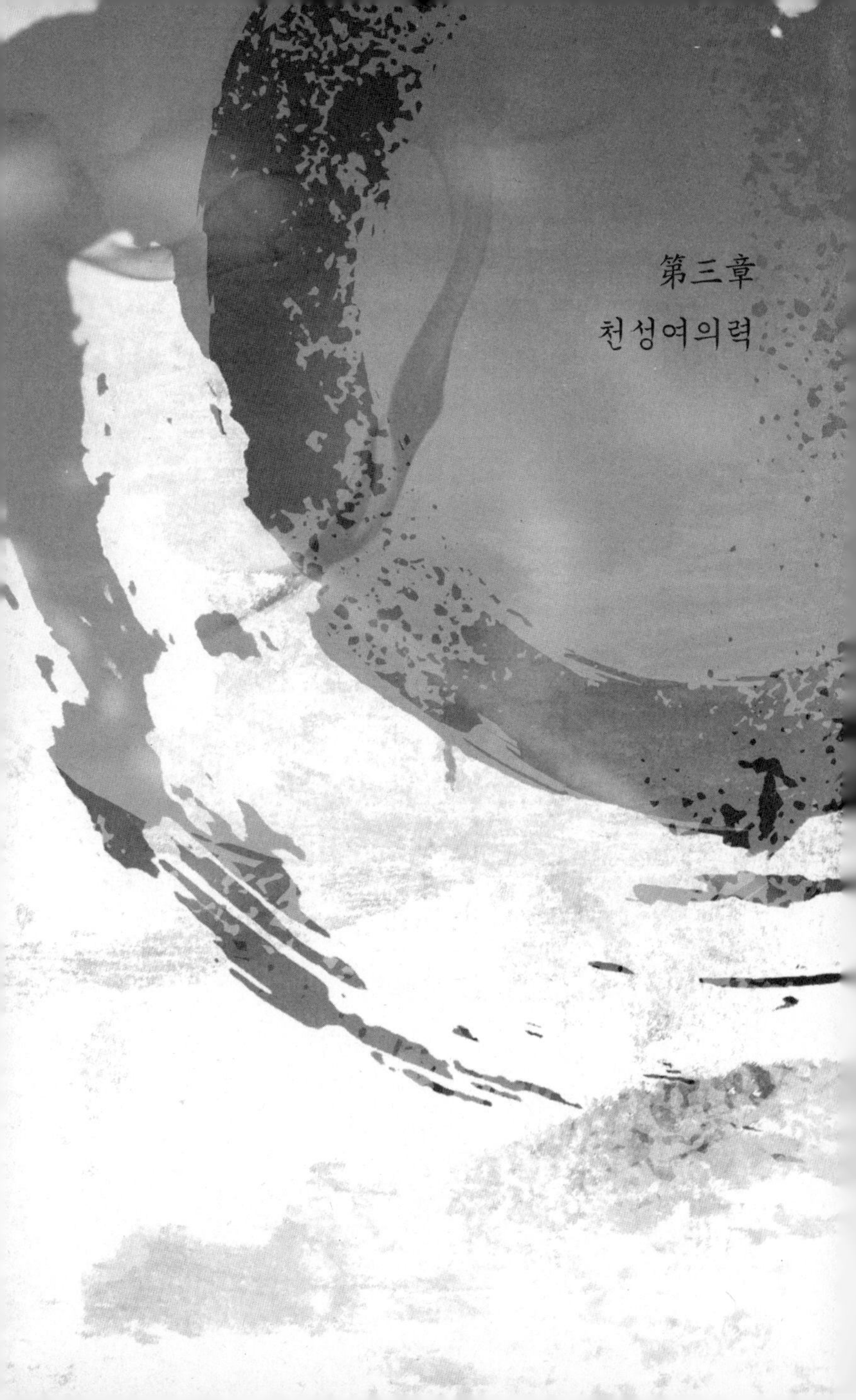

第三章

천성여의력

군사들에게 들이닥친 화운룡은 삼원천성신공으로 청룡전광검 삼초식 신강을 펼쳤다.

후우우웅…….

이번에는 무황검이 무려 오 장 길이로 늘어났다. 석 자 길이의 무황검 검첨에서 검강이 뿜어진 것인데 무황검이 갑자기 길어진 것처럼 보였다.

원래 화운룡이 신강을 전개하면 무황검에서 삼 장 길이의 검강이 뿜어졌는데 명림하고 양체합일을 한 덕분에 오 장으로 늘어난 것이다.

검 길이가 오 장이나 되므로 그저 노를 젓듯이 휘두르기만 해도 적들이 뎅경뎅경 마구 잘라져 나갔다.

그렇다고 화운룡이 뱃사공처럼 마구잡이로 무황검을 휘두르는 것이 아니며, 청룡전광검 삼초식 신강은 무의미하게 길쭉한 검강만 뿜어내는 검초식도 아니다.

무황검에서 뿜어진 검강은 마치 자기가 알아서 급소를 찾아가는 것처럼 적들의 머리와 목, 심장을 골라내서 정확하게 자르고 찔렀다.

몸통이나 팔다리를 마구잡이로 자르는 것은 백정이나 하는 짓이지 천하제일인 십절무황이 할 짓이 아니다.

신강의 여러 변화 중에 강산탄비(罡散彈飛)라는 것이 있다.

쩌러렁!

오 장 길이의 검강이 휘둘러지다가 강산탄비를 전개하면 검강이 수십 조각으로 깨어지면서 소나기처럼 표적들을 향해 쏘아가 적들을 관통하는 초식이다.

파파파아아앗!

"허윽!"

"끄윽!"

검강의 조각인 강탄((罡彈)에 관통된 적들은 그 엄청난 힘에 허공으로 훌훌 날아갔다.

난전(亂戰)이 시작됐다.

화운룡을 필두로 운설과 홍예, 건곤쌍쾌, 십육룡신, 용봉호법대는 무기를 움켜쥐고 양 떼 속으로 뛰어든 맹호처럼 파죽지세로 적들을 짓밟았다.

오외신군이 강병이라고 해도 군사일 뿐이다. 군사는 무림인과 달라서 공력이 없으며 순전히 무술이나 기마술 병법 등으로 전투에 적합한 훈련을 받았다.

그러므로 화운룡 일행 같은 초절고수나 절정고수의 상대가 되지 못한다.

그렇지만 군사가 일만 명이나 되면 제아무리 초절고수라고 해도 당해내지 못한다. 초절고수도 인간이라서 언젠가는 지칠 것이기 때문이다.

화운룡 일행은 공격을 개시한 지 다섯 호흡 만에 오외신군의 두 겹 포위망을 오 장 폭으로 뚫었다.

처음 목표는 삼 장 폭으로 뚫는 것이었는데 하다 보니까 이 장이 더 뚫렸다. 그 정도로 화운룡 등이 쏟아내는 위력이 막강했다는 뜻이다.

군사들의 두 겹 포위망을 뚫으니까 십여 장 거리에 홍투정수의 포위망이 있으며, 화운룡 일행이 돌진하고 있는 동안 비룡은월문 검수들의 집중 공격으로 뚫려 버렸다.

그러고는 비룡은월문 검수들이 그 틈으로 둑이 터진 것처럼 쏟아져 나왔다.

쏴아아—

황산파였다가 비룡은월문 의검대가 된 의검수 백여 명이 대주 나순달의 인솔로 제일 먼저 포위망 밖으로 달려 나오다가 화운룡 일행과 마주쳤다.

화운룡 일행은 즉시 길을 터주면서 좌우에서 공격하는 적들을 주살했다.

비룡은월문에는 총 열한 개의 검대가 있으며 그중에서 약한 검대가 의검대와 모산파의 후신인 상청검대다.

약하다고는 하지만 현재의 의검대와 상청검대는 일 년여 동안 비룡운검 등을 연마하여 과거 황산파와 모산파 시절에 비해서 두 배 정도 고강해졌다.

비룡은월문의 다른 검대에 비해서 상대적으로 약하다는 것이지 무림에 나간다면 다들 상위 일류고수로서 충분히 활보할 수 있는 실력들이다.

뚫린 포위망으로 검대들 중에서 가장 약한 순서대로 의검대와 상청검대, 사해검대, 은월검대, 운검대가 속속 빠져나와 미리 약속해 두었던 언덕으로 내달리는데 화운룡 일행이 포위망을 뚫어놓은 터라서 무인지경이다.

언덕으로 내달리는 그들은 빈손이 아니다. 포위망 안에서 죽은 동료들의 시신을 안거나 업고 있으며 부상당한 동료를 부축한 모습이다.

동료가 죽었다고 해서, 그리고 부상을 당했다고 해서 절대로 내버려 두고 가지 않는 것이 비룡은월문의 방식이다.

또한 위험에서 겨우 살아나는 상황이라고 해도 비룡은월문 검수들은 자기 먼저 살자고 아귀다툼을 벌이는 볼썽사나운 행태를 절대로 보이지 않는다.

'나보다 동료가 우선'을 평소에 화운룡이 누누이 가르쳤기 때문이다.

가장 고강한 용설운검대와 비룡검대, 진검대는 네 번째 강자인 운검대가 빠져나가는 동안 뚫린 포위망 가장자리에서 몰려드는 적들을 상대하고 있다.

그리고 화운룡 일행은 포위망을 빠져나온 검수들이 언덕까지 전력으로 질주할 수 있도록 양쪽의 적들을 주살했다.

포위망이 뚫리자 홍투정수들은 뚫린 포위망 쪽으로 한꺼번에 대거 모여들었다.

하지만 좁은 지역으로 수천 명이 한꺼번에 몰려드니까 서로 몸이 부딪치며 난리 법석이 벌어졌다. 이런 경험이 흔하지 않기 때문이다.

오외신군 군사들은 순식간에 오백여 명이 죽으면서 두 겹의 포위망이 와해되며 뚫려 버린 터라서 정신을 차리지 못하고 우왕좌왕했다.

그사이에 비룡은월문 검수들은 줄줄이 언덕으로 전력을

다해서 달렸다.

"진검대, 가라!"

홍투정수들이 쏟아져 오면서 포위망이 좁아지는 것을 결사적으로 막으면서 비룡검대주 감형언이 부르짖었다.

화운룡 일행은 군사들을 내버려 두고 용설운검대와 비룡검대에게 달려갔다.

"가라!"

화운룡이 신강으로 홍투정수들을 낙엽을 터는 것처럼 쓸어내며 외쳤다.

운설과 홍예, 건곤쌍쾌가 포위망이 닫히는 것을 막으면서 몰려드는 홍투정수들을 상대했고, 반대편에는 십육룡신과 용봉호법대가 결사적으로 싸웠다.

총대주 당평원과 용설운검대주 무결, 비룡검대주 감형언이 화운룡을 보며 다급하게 외쳤다.

"주군 먼저 가십시오!"

"속하들이 뒤를 맡겠습니다!"

"주군께서 가시면 속하들이 뒤를 따르겠습니다!"

화운룡이 쩌렁하게 외쳤다.

"다들 내 손에 죽고 싶으냐? 어서 가라!"

그는 무황검을 휘둘러 한 번에 십여 명씩 거꾸러뜨리면서 계속 외쳤다.

"한 명이라도 남아 있으면 가지 않겠다! 어서 가라!"

진검대가 빠져나가자 무결과 감형언이 서로 먼저 나가라고 고함을 질렀다.

"비룡검대 먼저 나가시오!"

"무슨 소릴! 용설운검대부터 나가게!"

사실 무림 최강의 살수집단인 혈영단 살수들로만 이루어진 용설운검대는 자신들이 비룡은월문 최정예라고 자부하는 터라서 마지막까지 남으려는 것이다.

반면에 비룡은월문 초창기부터 터줏대감으로 화운룡에게 직접 가르침을 받아온 비룡검대는 자신들이야말로 비룡은월문 제일검대라고 확신했다.

화운룡이 연속적으로 신강을 발휘하여 수십 명을 거꾸러뜨리고 날려 보내면서 소리쳤다.

"너희 둘은 정녕 내 손에 죽어야겠구나!"

화운룡의 호통을 듣고서야 무결과 감형언은 화들짝 놀라 용설운검대와 비룡검대를 이끌고 한데 뒤섞여서 포위망을 빠져나갔다.

그들이 다 빠져나가는 것을 확인한 화운룡이 외쳤다.

"용봉, 가라!"

그러면서 화운룡이 용봉호법대가 상대하고 있는 홍투정수를 향해 용탄을 뿜어냈다.

콰우우웅!

"흐아악!"

"와악!"

홍투정수 십오륙 명이 피를 뿌리며 날려가거나 거꾸러질 때 용봉호법대 열두 명의 소년 소녀들이 그 즉시 몸을 돌려 언덕을 향해 질주했다.

그 순간 홍투정수 한 명이 달려가고 있는 용봉호법대 뒤에 처진 소녀 진설(眞雪)을 향해 수중의 도를 힘껏 던졌다.

쉐앵!

반월처럼 휘어진 토번혼이 맹렬하게 회전하면서 빠른 속도로 날아갔다.

진설은 뒤에서 자신의 머리를 향해 칼이 날아온다는 사실을 모른 채 동료들을 따라 달리고 있을 뿐이다.

진설은 용봉호법대에서 십육 세인 호아 다음으로 나이가 적은데 올해 십칠 세다.

화운룡은 용탄을 방금 전개한 직후에 그것을 발견하고는 움찔 놀랐다.

무슨 수법이라도 발출하여 토번혼을 부수든가 방향을 바꿔야 하지만 너무 늦었다.

방법은 하나뿐, 심지공을 전개하는 것이다.

원래 심지공은 무공수법의 구결이나 전개하는 방법을 말로 전하지 않고 마음으로 전하는 수법이다.

그 심지공을 손이나 무기가 아닌 마음으로 초식을 전개하는 것으로 변환할 수가 있다. 이론상으로 그렇다는 것이다.

심지공을 무공으로 전환하여 발휘하는 수법은 인간이 아닌 신의 영역이다.

화운룡이 십절무황이었던 시절에도 몇 번 전개한 적이 있었으며 성공 확률은 삼 할 수준이었다.

화운룡은 심지공을 일으켜서 토번혼을 낚아채려고 했다. 실패한다면 진설이 죽게 될 것이므로 그의 마음은 어느 때보다도 절박했다.

'조화천령수!'

그러면서 자신도 모르게 오른손으로 토번혼을 슬쩍 잡아당기는 손짓을 해 보였다.

물론 그는 오른손으로 추호의 공력을 발출하지도 않았다. 다만 몸이 그렇게 반응을 했을 뿐이다.

그 순간 진설 뒤통수에 막 닿으려고 하던 토번혼이 갑자기 영롱한 광채에 휩싸였다.

그때 화운룡은 자신의 오른손과 토번혼이 흐릿한 빛에 의해 서로 연결되어 있는 것을 발견했다.

그러는가 싶은 순간 토번혼이 날아온 방향으로 빛과 같은 속도로 되돌아 쏘아갔다.

콱!

"끅……."

토번혼은 방금 그것을 날린 홍투정수의 목을 뎅겅 자르고 그 뒤에 있던 다른 홍투정수의 가슴을 꿰뚫었다.

화운룡은 자신의 오른손과 토번혼을 번갈아 쳐다보면서 의아한 표정을 지었다.

방금 그것이 심지공인지 아니면 다른 알 수 없는 미지의 수법인지 분간이 되지 않았다.

그는 방금 전개한 심지공이 성공할 확률을 삼 할 이하로 보고 있었다.

거리가 너무 멀고 정신을 추스를 겨를조차 없이 찰나지간에 전개했기 때문에 전력을 쏟지 못했다.

그런데 문제는 심지공이 전개되는 것보다 더 빠르게 뭔가 알 수 없는 다른 수법이 전개된 것 같은 느낌을 떨쳐 버릴 수가 없다는 것이다.

그렇다고 그에게서 무형강기가 발출되지는 않았다. 발출하지도 않은 무형강기가 저절로 생성됐을 리가 없으며, 발출됐다면 그 자신이 모를 리가 없다. 또한 그러기에는 십오 장이라는 거리가 너무 멀었다.

화운룡은 문득 조금 전에 토번혼을 감쌌던 영롱한 광채를 기억해 냈다.

그때 그는 자신의 오른손과 토번혼의 영롱한 광채가 일직선으로 연결된 것을 목격했다.

그가 무황검을 쥔 오른손을 높이 들어 올리자 손목에 차고 있는 천성여의가 드러났다.

이 순간 천성여의는 흐릿하면서도 영롱한 광채에 휩싸여 있어서 매우 신성하게 보였다. 영롱한 광채는 조금 전에 봤던 바로 그 광채다.

솔천사는 천성여의가 천중인계와 사신천가의 주인 천성제의 신물이라고 말하면서 주었다.

하지만 천성여의가 그 어떤 신묘한 능력 같은 것을 지니고 있다는 말은 하지 않았기에 화운룡은 그저 신물 정도로만 생각했었다.

그런데 그 이후 몇 번인가 천성여의는 화운룡으로서는 이해할 수 없는 신통력을 발휘한 적이 있었다.

비룡은월문 전체에 명계를 전개할 때 천성여의가 보여준 신통력이 특히 그랬었다.

그런데 오늘 또 예상하지 않았던 신통력을 발휘했다. 그러나 이번에는 예전하고는 달리 어떤 단서를 던져주었다.

바로 심지공이다. 화운룡이 심지공을 전개하자 천성여의가 신통력을 발휘한 것이다. 그렇다면 천성여의는 화운룡의 마음하고 연결이 된다는 뜻이다.

우연의 일치라면 까짓것 훌훌 털어버리면 그만이고, 어쨌든 언제라도 기회가 닿으면 시험해 볼 가치는 있다.

그즈음 십육룡신도 포위망을 빠져나갔으며 화운룡 좌우에는 운설과 홍예, 건곤쌍쾌뿐이다.

"가자!"

화운룡이 언덕 쪽으로 쏘아가는데 전후좌우에서 홍투정수들 수백 명이 파도처럼 짓쳐오며 공격을 퍼부었다.

잠깐 사이에 화운룡과 운설, 홍예, 건곤쌍쾌는 겹겹이 포위망 안에 갇혀 버렸다.

다섯 명이 수백 명에게 겹겹이 둘러싸인 광경은 누가 보더라도 위험해 보였다.

"여보!"

"용랑!"

운설과 홍예가 동시에 외쳤다. 자신들의 안위를 염려하는 것이 아니라 선두에서 길을 트며 쏘아가고 있는 화운룡을 걱정하는 것이다.

화운룡은 자신들까지 충분히 빠져나갈 수 있다고 예상했는데 상황이 급변했다. 진설을 구하느라 시간을 조금 지체했던 것이 발목을 잡았다.

'좋다! 시험해 보자!'

그는 이참에 천성여의의 신통력 즉, 천성여의력을 시험해 보기로 했다.

일촉즉발의 상황이므로 만약 실패하면 큰 위험에 빠지게 될 테지만 그래서 더 시험해 보고 싶기도 했다.

그것은 위험에 처했을 때 더욱 진가를 발휘하는 그의 모험심 같은 것이다.

화운룡은 자신들 주위로 가장 가깝게 접근하고 있는 홍투정수들을 한 차례 재빨리 둘러보면서 심지공을 전개하며 마음속으로 조화천룡수를 발휘했다.

그 순간 화운룡의 오른팔 정확하게 오른 손목에 차고 있는 천성여의에서 번쩍! 하고 영롱한 광채가 폭발하듯이 사방으로 뿜어졌다.

아니, 뿜어지는 것과 동시에 화운룡의 전후좌우 정확하게 이십칠 명의 손에 쥐어진 토번혼이 느닷없이 맹렬하게 회전을 시작했다.

쉬이이잉!

파파파팍!

"허윽!"

"어억!"

천성여의가 뿜어낸 영롱한 빛에 물든 스물일곱 자루의 토번혼들이 빠른 속도로 회전을 하면서 홍투정수들의 손과 팔과 몸통을 마구 잘랐다.

홍투정수들은 자신들이 쥐고 있는 토번혼이 설마 느닷없이 맹렬하게 회전하면서 자신들을 베고 자를 줄은 꿈에도 예상하지 못했다.

그러나 그건 시작일 뿐이다. 스물일곱 자루의 토번혼들은 이리저리 빠른 속도로 회전하며 날면서 홍투정수들만 골라서 무차별로 잘라댔다.

파파파팍!

촤촤아앗!

"크아악!"

"우와악!"

스물일곱 자루 토번혼들이 자기 주인들을 죽인 후에 제비보다 더 빠른 속도로 이리저리 날아다니며 회전하면서 닥치는 대로 홍투정수들을 죽였다.

물론 그것은 화운룡이 심지공으로 조종을 했기에 가능했다.

* * *

포위망을 완전히 빠져나온 화운룡 뒤를 바짝 따르면서 운설이 신기한 얼굴로 물었다.

"여보, 방금 그게 무슨 수법이었나요?"

화운룡이 뭐라고 하기도 전에 명림이 대답했다.

"심지공으로 천성여의력을 발휘한 거야."

"그게 뭔데?"

"너는 설명해 줘도 몰라."

"언니!"

운설이 빽 소리치고 있을 때 일행은 언덕에 도착했다.

화운룡이 심지공으로 천성여의력을 전개했다는 사실을 명림이 알고 있는 까닭은 두 사람이 현재 양심통기공 수법으로 마음과 정신이 서로 통하고 있기 때문이다.

양심통기공이 전개되고 있는 상황에서는 두 사람의 생각은 물론이고 감정 단 한 올도 서로 공유하게 된다.

두 사람이 운명갑을 입고 양체합일을 했을 때 양심통기공 상태를 유지하면 완전한 일심동체가 되어 어떤 상황에 처하더라도 추호의 막힘이 없다.

그렇지만 명림으로서는 자신이 원하지 않는 상황일 때가 가끔 발생하기도 한다.

화운룡과 한 몸처럼 붙어 있다 보니까 간혹 음탕한 생각이나 욕정 같은 것이 본인의 의사하고는 전혀 상관없이 스멀스멀 피어날 때가 있는데 그것마저도 화운룡이 그 즉시 알아차리기 때문이다.

그러나 화운룡은 거기에 대해서 아직 한마디도 뭐라고 하지 않았다. 그래서 명림은 그게 외려 더 찜찜했다.

"각자 위치 잡았느냐?"

언덕에 도착한 화운룡이 큰 소리로 묻자 열한 개 검대들이 미리 정해놓은 위치에 정확하게 자리를 잡았다고 한목소리로 대답했다.

그때 들판에서 홍투정수들이 거대한 파도처럼 언덕을 향해 밀려들기 시작했다.

오외신군 군사들은 뒤쪽에 있고 홍투정수들이 몰려오고 있는데 조금 전에 포위망을 뚫을 때 죽은 자들을 제외한 전원인 것 같았다.

홍투정수 선두에 중간급 우두머리인 홍투정령수들이 큰 소리로 외치는데 토번족 말이라서 알아들을 수가 없지만 아마도 어서 추격해서 적을 전멸시키라는 외침인 것 같았다.

화운룡이 명령했다.

"회천탄을 전개하기 시작하면 숨 쉴 틈을 주지 말고 연속적으로 발사하라!"

열한 개 검대의 검수들이 침묵으로 대답했다.

현재 회천탄을 전개할 수 있는 검수의 수는 천사백오십여 명 정도다.

검수 삼십 명이 죽었으며 오십여 명이 부상을 당했는데 부상당한 검수들 중에서 움직일 수 있는 사람들이 회천탄 전개에 가담했다.

이윽고 홍투정수들이 점점 가까워져서 선두가 언덕 아래 숲 가장자리의 오 장 이내로 진입했으며 가장 후미가 삼십여 장 거리 안에 들어왔다.

홍투정수 전원이 회천탄 사정거리 내에 진입했다.

"발사!"

화운룡의 우렁찬 명령이 떨어지자 비룡은월문 열한 개 검대 천사백오십여 명이 팽팽하게 당기고 있던 회천궁의 시위를 일제히 놓았다.

쿠와아앙!

천사백오십여 개의 활시위를 놓는 소리가 마치 산악이 붕괴하는 듯한 엄청난 굉음을 냈다.

비룡은월문 사상 천사백오십여 명이 한꺼번에 회천탄을 발사한 일이 한 번도 없었다.

더구나 천사백오십여 개의 회천궁에서 각각 세 발씩 무려 사천삼백오십여 발이라는 엄청난 수의 무령강전이 발사된 적은 더더욱 한 번도 없었다.

갑자기 터져 나온 굉음에 파도처럼 몰려오던 홍투정수들이 주춤 달리는 것을 멈추었다.

그리고 그들은 언덕의 완만한 경사지 잡목 숲속에서 수천 발의 검고 긴 화살이 자신들을 향해 무섭게 빠른 속도로 쏘아오는 광경을 목격했다.

홍투정수들은 그 자리에 굳어버린 듯 질린 표정으로 무령강전 소나기를 망연자실 바라보았다. 그들은 이날까지 이런 광경을 한 번도 본 적이 없었다.

그러다가 한순간 정신이 번쩍 들어 산지사방으로 몸을 날리면서 다급하게 외쳤다.

"우아앗! 피해라!"

"아앗! 화살이다! 피해라!"

그러나 무령강전의 빛처럼 빠른 속도를 안다면 피하는 것이 얼마나 부질없는 행동인지 알 수 있을 것이다.

퍼퍼퍼퍼퍼퍽!

"흐악!"

"커흑!"

"크액!"

작은 북 수천 개를 미친 듯이 두드리는 듯한 음향과 답답하고 애처로운 비명 소리가 한꺼번에 터져 나왔다.

경이롭게도 사천삼백오십여 발의 무령강전들은 단 한 번의 발사로 무려 천오백여 명의 홍투정수들을 거꾸러뜨렸다.

그들 중에는 무령강전이 급소에 제대로 꽂혀서 즉사한 자들도 있으며 가슴이나 복부, 다리에 맞아서 주저앉은 자들도 있고, 한꺼번에 서너 발의 무령강전에 꿰뚫린 자들도 있었다.

꽈우웅!

그러고는 두 번째 무령강전이 발사됐다.

아비규환으로 돌변한 곳에 또다시 사천삼백오십여 발의 무령강전들이 소나기처럼 내리꽂혔다.

퍼퍼퍼퍼퍼퍽!

"으아악!"

"끄악!"

둔탁한 음향과 애끓는 비명 소리들이 허공으로 울려 퍼졌다.

두 번의 회천탄 발사에 장내에는 서 있는 홍투정수들보다 쓰러져 있는 자들이 훨씬 더 많아졌다.

홍투정수들은, 아니, 그들을 사지로 몰아넣은 우두머리는 비룡은월문 검수들이 천하에서 가장 강력한 화살을 지니고 있다는 사실을 모르고 있었다.

쿠콰아앙!

연속적으로 세 번째 무령강전 사천삼백오십여 발이 발사됐다.

그리고 그것으로 홍투정수들은 거의 전멸 지경에 이르렀다.

화운룡의 쩌렁한 명령이 뒤를 이었다.

"돌격하라!"

회천탄을 세 번 전개한 직후 언덕 잡목 숲에 숨어 있던 천사백여 명의 비룡은월문 검수들이 물밀듯이 쏟아져 나갔다.

살아남은 홍투정수는 겨우 삼백여 명 남짓이며 갑작스러운 동료들의 몰살로 인해서 정신이 황망하여 허둥지둥하고 있는 상황이다.

그럴 때 태풍처럼 몰아쳐 오는 비룡은월문 검수들을 보고는 완전히 전의를 상실하여 싸울 생각은 하지 않고 주춤주춤 뒷걸음쳤다.

천외신계 고수들은 아무리 막강한 적을 만나더라도 싸움을 피하거나 도망치지 않는 것으로 알려졌는데 이들은 지나치게 겁을 집어먹은 나머지 본능적으로 물러서고 있는 것이다.

용설운검대와 비룡검대 검수들이 흡사 먹잇감을 놓고 다투는 맹수처럼 선두에서 가장 빠른 속도로 짓쳐갔다.

평균 백오십 년 공력에 비룡육절이라는 절세무학으로 무장한 용설운, 비룡검수 이백칠 명을 상대하려면 적어도 칠, 팔백 명 정도의 홍투정수가 있어야지만 팽팽하다.

촤아앙!

용설운검대와 비룡검대가 일제히 검을 뽑으며 이미 전의를 상실한 삼백여 명의 홍투정수들을 휩쓸었다.

파파아앗! 촤아아앗!

"끄악!"

"커흑!"

용설운검수와 비룡검수들의 검은 싸울 때 적의 무기와 부딪치는 일이 거의 없는 데다 급소만 정확하게 찌르거나 베기 때문에 요란한 소리가 터지지 않는다.

다만 그들의 검에 찔리고 베인 적들의 애끓는 비명 소리만 흘러나올 뿐이다.

이백칠 명의 용설운, 비룡검수들이 휩쓸고 지나간 자리에는 이십여 명의 홍투정수들밖에 남아 있지 않았다.

제삼대인 진검대 진검수들은 적을 너무 적게 남긴 것 때문에 용설운검대와 비룡검대를 원망하면서 홍투정수들을 한 명도 남기지 않고 깡그리 주살했다.

전방에 오외신군이 전열을 가다듬은 채 대기하고 있다.

아까 화운룡 일행이 두 겹의 포위망을 뚫는 과정에 오외신군 칠백여 명이 죽었지만 여전히 구천삼백여 명이라는 엄청난 군사들이 마상에 꼿꼿하게 앉은 채 횡대로 길게 늘어선 상태로 자못 위용을 뽐내고 있다.

일렬 오백 기(騎)씩 십팔 열이며 맨 뒤 십구 열에 삼백여 기가 따로 있는 압도적인 광경이다.

비룡은월문 천사백여 검수 같은 것들은 오외신군 구천삼백여 기의 말발굽으로 짓밟고 화살과 장창(長槍) 공격으로 전멸시켜 버리겠다는 의지가 넘쳤으며, 겉으로 보기에도 비룡은월문 검수들은 상대가 되지 않을 것 같았다.

오외신군은 정면으로, 그리고 저돌적으로 쇄도하고 있는 비룡은월문 검수들을 향해 화살을 발사했다.

투아앙!

마상에 앉은 구천삼백여 명 군사들이 일제히 허공을 향해 비스듬히 구천삼백여 발의 화살을 쏘아 올린 광경은 가히 장관을 이루었다.

그러나 단지 그것뿐이다. 오외신군의 화살은 발사할 때의 단 한 번 멋진 광경을 연출하고는 무용지물이 돼버렸다.

왜냐하면 비룡은월문의 회천탄은 직선으로 발사하지만 일반 활은 허공으로 포물선을 그리면서 발사하기 때문에 사정거리가 아무리 짧더라도 최소한 이십 장 밖이어야만 한다.

그런데 오외신군의 구천삼백여 발 화살이 발사되어 하늘을 새카맣게 덮고 있을 때 비룡은월문 천사백여 명 검수들은 이미 사정거리인 이십 장 안쪽으로 모두 들어와 있었으니 화살에 맞을 턱이 없다.

만약 정면에서 낮은 자세로 쇄도하고 있는 비룡은월문 검수들을 향해서 화살을 발사했다면 오외신군은 동료의 등과 뒤통수를 맞출 수밖에 없었을 것이다.

오외신군의 작전은 먼저 화살을 발사하여 비룡은월문 검수들의 예봉을 꺾은 직후 기마로 내달려서 짓밟는 것이었는데 처음부터 빗나갔다.

십오 장까지 진입한 용설운검대와 비룡검대는 그 자리에 멈추었고 뒤따르던 진검대와 운검대와 은월검대들이 속속 좌우로 정렬하여 늘어섰다.

그 뒤쪽 허공에서 그제야 오외신군이 발사한 화살들이 지상으로 쏟아지고 있다.

그때 오외신군 우두머리가 급히 외쳤다.

"돌격!"

콰두두둑!

오외신군 기마병이 제일열부터 일제히 지축을 뒤흔들면서 달려 나왔다.

전방에 있는 것이 무엇이든 간에 모조리 짓밟아 버릴 듯한 무시무시한 기세다.

그 순간 비룡은월문 천사백여 검수들의 회천궁에서 무령강전이 일제히 발사됐다.

투아앙!

이번에는 천사백여 명이 오외신군 제일열 오백 명을 향해 한 발씩 제대로 조준하여 발사하는 것이므로 절대로 빗나갈 일이 없다.

오외신군은 십여 장까지 짓쳐오고 있는 중이다.

쿠두두두둑!

오외신군은 몸을 숙여서 피하거나 칼을 휘둘러서 무령강전을 쳐내려고 하지만 그것은 무령강전의 위력을 몰라서 하는 부질없는 행동이다.

천사백여 발의 무령강전이 천사백여 줄기의 번갯불처럼 쏘아가서 선두의 오백 기를 고슴도치로 만들었다.

콰콰콰콰콱!

오백 기의 말과 군사가 달려오던 기세로 한꺼번에 거꾸러지면서 처절한 비명을 터뜨렸다.

단 한 마리의 말과 군사도 무사하지 못했다. 천사백여 발의 무령강전이 말과 오외신군을 동시에 정확하게 맞혔기 때문이다.

투아아앙!

이어서 두 번째 무령강전 천사백여 발이 재차 발사됐다.

오외신군 제이열 오백 기가 달려오다가 이번에도 여지없이 한꺼번에 나뒹굴었다.

제삼열 오백 기는 달려 나오다가 제일열과 제이열이 모조리 나뒹구는 광경을 보고 급히 말고삐를 잡아당겨 되돌아가려고 했지만 천사백여 발 무령강전에 벌집이 돼버렸다.

제사열과 제오열, 제육열은 비룡은월문 검수들에게 맞대응하기 위해 똑같이 직선으로 화살을 쏘려고 활에 화살을 먹이는 도중에 무령강전 공격에 와르르 무너졌다.

"흐아아!"

"끄악!"

무령강전이 말과 군사들에게 적중되는 음향과 비명 소리만 들판에 가득했다. 오외신군을 지휘하고 있는 자가 서초후인지 아니면 죽은 서절신군 대신 새로 임명된 대장군인지 모르지만 반계곡경(盤溪曲徑)의 그릇된 작전으로 군사들을 모조리 저승으로 보내고 있는 중이다.

오외신군 최고 우두머리가 다음 작전을 궁리하는 동안 제칠열부터는 돌진하지 않고 제자리를 지켰다.

그래 봤자 비룡은월문 검수들과 그들과의 거리는 이십오장으로 무령강전의 가장 적당한 사정권이다.

투타아앙!

천사백여 발의 무령강전들이 일직선으로 쏘아오자 제칠열 오백 기는 어쩔 줄 모르고 허둥거리다가 그대로 벌집이 되어 나뒹굴었다.

비룡은월문 검수들에겐 아직 열 발 이상의 무령강전이 남아 있는 상태라서 무서울 것이 없다.

콰두두두!

그때 오외신군이 제팔열부터 좌우로 내달리기 시작했다. 분열하여 흩어져서 비룡은월문 검수들을 포위하겠다는 즉흥적인 작전인 듯했다.

투아아앙!

또다시 무령강전이 발사됐다. 분열하기 시작하는 오외신군들을 작살내려는 것이다.

퍼퍼퍼퍼어억!

히히히이잉!

"와악!"

"흐아악!"

오외신군은 큰 희생을 치르고 나서야 좌우로 분열에 성공했으나 그러기까지 제팔열부터 제십열까지 천오백 기를 다시 잃어야만 했다.

이제 남은 오외신군은 제십일열에서 제십팔열, 그리고 제십구열 삼백여 명까지 합쳐서 사천삼백여 기뿐이다.

드넓은 들판에는 수천 구의 시체들이 즐비하게 깔려 있으며, 아직 죽지 않은 수천 필의 말들이 쓰러진 채 처량한 울음소리를 내고 있고, 무령강전에 꽂혔지만 죽지 않았거나 말에 깔린 군사들이 끙끙! 신음 소리를 내고 있어서 이곳이 지옥이 아닌가 하는 착각이 들 정도로 참혹했다.

남아 있는 사천삼백여 군사들은 말을 몰아 되도록 멀리 넓게 원을 그리면서 포위지세를 펼쳐갔다.

그러는 중에도 비룡은월문 검수들은 계속 무령강전을 쏘아 군사들을 맞혔는데, 이번에는 말은 놔두고 군사들만 조준해서 정확하게 떨어뜨렸다.

천외신계는, 아니, 서초후라고 짐작하는 인물은 비룡은월문을 너무 과소평가했다.

처음에 그는 비룡은월문 천오백여 검수들을 포위망 안에 몰아넣고 맹공을 퍼부을 때까지만 해도 그들을 전멸시킬 수 있을 것이라고 확신했었다.

만약 제때에 화운룡이 도착하지 않았더라면 어쩌면 비룡은월문 검수들은 서초후의 확신처럼 전멸했을지도 모른다.

서초후는 화운룡이 곤경에 처해 있는 비룡은월문 검수들을 이끌어서 오히려 자신들을 괴멸시킬 것이라고는 추호도 예상하지 못했을 것이다.

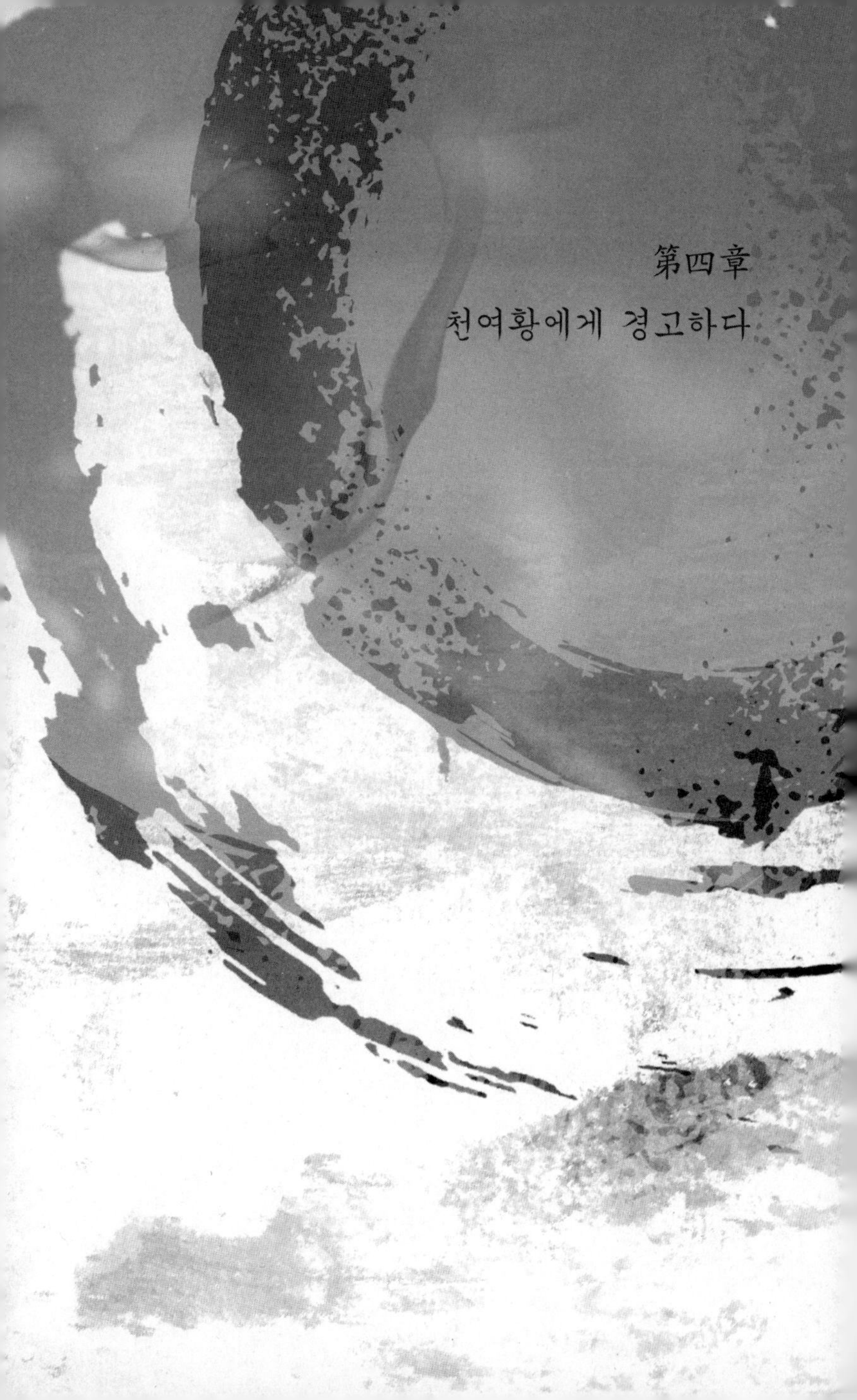

第四章

천여황에게 경고하다

서초후는 자신의 눈을 의심해야만 했다.

홍투정수와 오외신군 만 사천 명이 일각도 아닌 불과 반각만에 만여 명이 죽고 겨우 사천여 명만 남았다는 사실이 믿어지지 않았다.

서초후 좌우에는 붉은 장포를 입고 허리에 도를 찬 두 명의 중년인이 있으며 그들은 존서일왕(尊西一王)과 존서오왕(尊西五王)이다.

천외신계 서천국에는 다섯 명의 존왕이 있으며 존서일왕부터 존서오왕까지인데 서천문 문주 존서사왕은 광덕왕부에서 화운룡에게 죽었다.

존서일왕은 지위로는 절번인 서절신군보다 아래지만 서초후의 최측근이라는 점 덕분에 서천국에서 실질적인 제이인자의 막강한 영향력을 지니고 있다.

존서오왕은 서천국 오존왕 중에서 다섯 번째 서열이며 서초후의 호법 역할을 하고 있다.

서초후 휘하는 여기에 있는 홍투정수나 오외신군이 전부가 아니다. 그들은 서천국 전체 병력의 십분지 일에 불과하다.

서천문주인 존서사왕을 제외한 네 명의 존왕들은 서천국 전체 세력을 지휘하거나 작전을 짜는 참모 역할을 해오고 있다.

존서일왕은 현재 상황을 재빨리 파악한 후 서초후에게 공손히 아뢰었다.

"전하, 피하서야겠습니다."

서초후는 존서일왕을 가장 신임하고 있으며 평소에는 대부분 그의 말에 따랐다.

하지만 지금 서초후는 너무 큰 충격을 받은 탓에 존서일왕의 말이 귀에 들어오지 않았다.

서초후가 알고 있는 것은 딱 두 가지다.

조금 전까지 비룡은월문 천오백여 검수들이 포위망에 겹겹이 갇혀서 전멸 직전이었다는 것.

그런데 그로부터 채 반각이 지나기도 전에 그들이 포위망을 뚫고 빠져나가서 오히려 맹렬히 반격하여 서천문의 홍투고수 사천 명을 전멸시키고 오외신군도 육천여 명이나 죽였다는 사실이다.

서초후는 대략적인 원인과 결과만 알고 있을 뿐이지 어쩌다가 그렇게 됐는지 과정을 모른다.

그는 화운룡 일행이 치고 내려온 언덕의 반대쪽에 있기 때문에 그쪽에서 벌어진 일을 전혀 모르는 것이 당연하다.

또한 잠시 후에는 포위망 안에 갇힌 골치 아픈 비룡은월문 놈들이 전멸할 것이라는 느긋한 상상을 하고 있었던 탓에 다른 일에는 별로 신경을 쓰지 않았기 때문이다.

서초후가 이상함을 느낀 것은 서천문 홍투정수 사천여 명이 몰살당하고 나서였다. 그러고 나서 오외신군 육천여 명이 삽시간에 죽어버린 것이다.

"피신해?"

이곳에 이끌고 온 오외신군 만 명은 존서오왕이 지휘를 하고 있었다.

그는 조금 전 오외신군에게 오백 명씩 전열을 가다듬고 공격하라고 명령했었다.

그러고는 서초후가 지켜보고 있는 가운데 오외신군이 한 번에 오백 명씩 퍽퍽 나뒹굴더니 어느새 사천여 명밖에 남지 않은 상황이 돼버린 것이다.

그랬는데 방금 최측근 존서일왕의 피해야 한다는 어이없는 말을 듣고 상황이 제대로 판단되지 않았다.

존서일왕 야루달(冶壘達)은 상황을 예의 주시하고 있었기 때문에 대충 어떻게 된 상황인지는 알고 있다.

존서일왕은 길게 설명할 겨를이 없다는 사실을 깨닫고 요점만 말했다.

"전하, 비룡공자가 와서 상황이 역전된 것 같습니다."

존서일왕으로서는 이백오십 장 너머에서 벌어진 일조차 잘 모르는 판국에 비룡공자를 발견했을 리가 없다.

그저 돌아가는 상황을 보고 생각을 정리해 본 결과 비룡공자가 고수들을 이끌고 와서 수하들을 구출했을 것이라고 추측했을 뿐이다.

"비룡공자라고?"

반백 머리에 반백 눈썹과 수염을 짧게 기른 서초후의 미간이 잔뜩 찌푸려졌다.

사실 서초후는 비룡공자를 비롯한 비룡은월문 검수들이 북경에 잠입했다가 탈출했다는 사실을 보고받은 직후에 그들을 잡기 위해서 몸소 서천문 고수들과 오외신군을 이끌고 달려온 것이다.

화운룡을 만났던 광덕왕 주헌결이나 화운룡을 존경하는

마음 하나로 비룡은월문을 북경에서 탈출시켜 준 균천보주의 사 남매는 끝까지 비밀을 지켰으며 서초후가 이곳까지 달려온 것하고는 아무런 연관이 없다.

서초후는 요즘 비룡은월문이 천외신계를 꾸준히 괴롭히고 있다는 사실을 알고 있었는데, 그 비룡은월문이 북경에 잠입했다가 탈출했다는 보고를 듣고는 이번 기회에 자신이 소탕해야겠다는 생각으로 북경에 있는 전 세력을 이끌고 출동을 한 것이다.

물론 균천보와 하북팽가가 비룡은월문을 추격한다는 사실을 알고 있지만 구태여 그들과 연합할 생각은 없었고 그럴 이유도 없었다.

서천문 홍투정수 사천 명과 오외신군 만 명이면 비룡은월문을 추격하여 손쉽게 괴멸시키고도 남을 것이라고 예상했었기 때문이다.

그런데 지금 이 지경이 돼버려서 서초후가 존서일왕에게 도망가야 한다는 말이나 들어야 하는 판국이니 분노를 넘어 기가 막힐 정도로 어이가 없다.

서초후는 먼 곳을 날카롭게 살펴보았다.

"어디에 있느냐? 비룡공자라는 놈은?"

존서일왕은 서초후가 쳐다보고 있는 곳을 쳐다보면서 초조한 표정을 지었다.

"모르겠습니다만 분명히 그자가 온 것 같습니다."

서초후는 매사에 신중한 최측근 존서일왕이 웬만큼 다급한 상황이 아니라면 피해야 한다는 말 같은 것을 하지 않는다는 사실을 잘 알고 있다.

아니, 그는 지금까지 서초후에게 위험하다든지 피해야 한다는 말 같은 것을 한 적이 한 번도 없었다.

그런 그가 지금처럼 초조하게 피해야 하다고 종용하면 정말로 발등에 불이 떨어졌다는 뜻이다.

또한 서초후가 보기에도 남아 있는 오외신군이 비룡은월문보다 두 배 이상 많지만 지금까지의 상황을 봐서는 반의반 각도 버티지 못할 것 같았다.

"전하, 서두르셔야 합니다."

저쪽에서 비룡은월문이 남은 오외신군을 도륙하고 있는 광경을 본 존서일왕이 또다시 재촉했다.

그는 비룡공자가 얼마나 고강한지에 대해서는 모른다. 하지만 비룡은월문이 불과 반각 남짓에 사천 명의 홍투정수와 만여 명의 오외신군을 도륙하는 것으로 봐서 이건 무조건 위험한 상황이라고 판단했다.

"으음… 가자."

마상의 서초후가 분노를 삼키며 묵직한 신음을 토하고는 이윽고 말고삐를 슬쩍 잡아당겼다.

아직 남아 있는 사천여 명의 오외신군, 아니, 그사이에 더 줄었는지도 모르는 수하들을 놔두고 자신들만 도주하는 것에 대해 이들 세 명은 추호도 가책이나 거리낌이 없다.

그런데 세 명이 막 말을 출발시키려고 할 때 느닷없이 머리 위에서 나직한 호통성이 터졌다.

"어딜 가느냐?"

서초후와 존서일왕, 존서오왕이 움찔 놀라서 호통이 들린 허공을 급히 쳐다보았다.

허공 십여 장 높이에서 화운룡과 운설, 홍예, 건곤쌍쾌가 서초후 등을 향해 비스듬히 내리꽂히고 있는 중이다.

서초후와 존서일왕 등은 그들이 누군지 정확하게 모르지만 그들 중에 비룡공자가 있을 것이라고 직감했다.

다섯 명 중에 남자는 화운룡과 건곤쌍쾌의 도범인데 도범은 공자라고 보기에는 나이가 들어 보였다.

그렇다면 비룡공자는 얼굴이 매우 준수하고 이십 세 안팎으로 보이는 화운룡일 것이라고 확신했다.

어쨌든 서초후 등은 재빨리 주위를 둘러보고 나서 화운룡을 비롯한 다섯 명만 자신들을 공격하는 것을 확인하고는 회심의 미소를 지었다.

비룡공자와 비룡은월문 검수들의 실력에 대해서는 모르지만 개인적으로는 절대로 서초후와 존왕 두 명의 상대가 되지 못할 것이라고 확신했다.

서초후는 중원에 들어온 이후 아직 누군가와 싸워본 적이 한 번도 없지만, 그렇다고 해도 중원에 자신과 일대일로 팽팽하게 겨룰 수 있을 만한 인물은 다섯 손가락으로 꼽을 정도일 것이라고 짐작했다.

물론 지금 공격해 오고 있는 비룡공자 등이 그 다섯 손가락에 꼽히는 인물일 것이라는 생각은 하지 않았다.

화운룡은 서초후를, 운설이 존서일왕을, 홍예가 존서오왕을 상대로 공격을 개시했다.

건곤쌍쾌는 지켜보다가 위험한 상황에 처하는 사람을 돕기로 했다.

홍예를 돕고 싶었지만 그녀가 혼자서 존서오왕을 처치할 수 있다고 강력하게 우겨서 한발 물러난 것이다.

화운룡은 상대를 떠보기 위한 행동 같은 것은 하지 않고 처음부터 강공으로 나갔다.

그는 청룡전광검 삼초식 신강을 전력으로 전개했다.

명림과 양체합일한 상태에서 신강을 전개하면 무려 오 장 길이의 검강이 뿜어지는데, 이번에는 신강을 열 개로 쪼개서 빛처럼 빠르게 발출했다.

고오옷!

신강의 속도는 빛처럼 빠르지만 그것을 열 개로 쪼개면 절대적인 빠르기 즉, 절대로 피하지 못할 빠르기는 아니다.

신강은 하나로 발출할 때가 가장 빠르고 쪼개면 쪼갤수록 느려진다.

그것을 피할 수 있는 인물이라면 초절고수라고 할 수 있으며 화운룡은 서초후를 그 정도 실력자일 것이라고 예상했다.

그래서 검강을 열 개로 쪼개서 서초후가 피할 수 있는 모든 방위를 차단한 것이다.

그가 어느 곳으로 어떻게 피하더라도 검강의 공격권을 벗어나지는 못한다.

서초후는 허공을 보다가 자신을 향해 쏘아오는 여러 개의 영롱한 광채를 발견하고 심상치 않음을 감지했다.

그렇지만 설마 허공을 뒤덮은 채 쏘아오고 있는 그것들이 검강일 것이라고는 예상하지 않았다.

지금 그가 보고 있는 광경 즉, 한꺼번에 십여 개의 검강을 발출하려면 최소한 오백 년 이상의 공력을 지녀야 하는데 젊디젊은 화운룡이 그런 극초절고수일 것이라고는 생각하지 않기 때문이다.

하지만 그는 매사에 철저한 성격이라서 일단 전력을 다해서 반격하기로 했다.

서초후는 처음부터 피할 생각이 없었다. 그는 두 손을 모았다가 자신의 상체를 향해 쏘아오는 세 개의 영롱한 광채를 향해 전력으로 강기를 뿜어냈다.

쿠와아앗!

그가 막으려는 세 개의 영롱한 광채 너머에는 화운룡이 내리꽂히고 있으므로 그는 공격을 막는 것과 동시에 화운룡을 공격하는 수법을 선택했다.

그의 예상대로라면 그가 발출한 강기가 세 개의 영롱한 빛살을 퉁겨서 강기와 함께 화운룡을 공격할 것이다.

쩌러렁!

그런데 전력으로 발출한 강기가 쏘아오는 세 개의 영롱한 광채와 거세게 격돌하는 순간 그는 뭔가 잘못됐다는 사실을 직감했다.

허공을 향해 뻗은 두 팔이 찌르르하면서 떨어져 나갈 것처럼 아팠기 때문이다.

그는 방금 일장으로 반격까지 하려 했으나 결과는 방어만 간신히 하게 되었다.

아니, 방어마저도 성공적이지 못했다. 그는 방금 격돌의 반탄력 때문에 마상에서 쏜살같이 뒤로 퉁겨 날아갔다.

화운룡은 방금 전 서초후와의 격돌로 무황검을 쥔 오른손이 묵직하게 뻐근한 것을 느꼈으나 단지 그것뿐 부상을 입지는 않았다.

이 한 번의 격돌로 그는 서초후의 공력이 사백 년을 조금 상회한다는 사실을 간파하고 충분히 그를 죽일 수 있다고 자신했다.

만약 명림과 양체합일하지 않은 상태에서 서초후와 일대일로 붙었다면 백초식 이상 팽팽하게 겨루다가 그가 신승을 거두게 될 것이다.

공력은 둘이 비슷하지만 초식 면에서 화운룡이 훨씬 월등할 것이기 때문이다.

그는 반탄력에 의해 허공으로 둥실 솟구쳤다가 재차 서초후를 향해 쏘아가면서 이번에는 용탄을 뿜어냈다.

번쩍!

영롱한 광채가 무황검에서 뿜어져 그물처럼 사방 일 장 이내를 뒤덮은 채 극쾌한 속도로 쏘아졌다.

용탄 중앙에 삼각으로 세 개의 검강이, 그리고 삼십 개의 검강이 일 장 이내를 완전히 촘촘하게 뒤덮어서 서초후를 가둔 상태다.

서초후가 중앙 삼각 세 개의 검강을 피하더라도 삼십 개의 검강까지 피하지는 못할 것이라고 화운룡은 확신했다.

서초후가 방금 전처럼 장력으로 막아내려고 한다면 이번에는 쓴맛을 보게 될 것이다.

아니, 그는 절대로 피하지 못할 것이기 때문에 장력으로 방어할 수밖에 없다.

뒤로 누운 자세로 퉁겨져 날아가던 서초후는 조금 전처럼 강기를 발출하여 방어할 수밖에 없음을 깨달았다.

그러면 이번에는 두 팔이 부러지거나 심할 경우에 죽을 수도 있다는 불길한 예감이 들었으나 지금 상황으로는 어쩔 수가 없다.

그는 두 팔의 통증을 견디면서 어금니를 악물고 사백오십 년 전 공력을 쏟아냈다.

꽈드등!

"허윽……!"

용탄과 서초후의 강기가 격돌하는 순간 벼락이 치는 굉음이 터지면서 그는 땅바닥에 모질게 패대기쳐졌다.

쿠다다닥…….

그의 예상은 정확했다. 그는 땅에 떨어졌다가 여러 차례 퉁기면서 길게 죽 밀려가는데 이미 두 팔이 부러져서 너덜거리는 상태다.

"전하!"

운설, 홍예와 치열하게 싸우고 있는 존서일왕과 존서오왕이 다급하게 부르짖으며 서초후를 쳐다보았다.

싸우던 중에 허점을 보이면 위험하다는 것은 삼류도 알고 있는 상식이지만 둘은 자신들보다 서초후를 더 걱정했다. 그것이 바로 서초후에 대한 그들의 충성심이다.

그런 기회를 놓칠 운설과 홍예가 아니다. 두 여자는 존서일왕과 존서오왕을 향해 재빨리 검강을 뿜어냈다.

두 명의 존왕은 운설, 홍예와 비슷한 수준이었으나 짧은 순간 허점을 드러냄으로써 자멸하고 말았다.

퍼퍽!"

"흐악!"

"크윽……."

존서오왕은 홍예의 검강에 가슴이 관통되어 뒤로 벌렁 자빠져서 몸을 푸들푸들 떨다가 잠잠해졌으며, 존서일왕은 왼팔이 어깨에서부터 뚝 떨어져 나가 뒤로 물러나면서 쓰러질 듯이 크게 비틀거렸다.

운설이 존서일왕을 끝장내려고 덮쳐가고 있을 때 화운룡은 땅에 드러누운 자세로 쓰러져 있는 서초후의 발끝에 가볍게 내려섰다.

"으으……."

서초후는 두 팔이 형체를 알아보기 어려울 정도로 짓이겨졌지만 더 큰 부상은 심각한 내상을 입었다는 사실이다.

그는 누운 채 공력을 모으려고 애쓰면서 발 쪽에 우뚝 서 있는 화운룡을 쏘아보았다.

"네가 비룡공자냐?"

화운룡은 느긋하게 고개를 끄떡였다.

"그렇다. 너는 서초후냐?"

서초후는 상대가 비룡공자이며 자신이 그에게 단 이초식 만에 패했다는 사실에 큰 충격을 받았다.

믿기 어려운 일이지만 그는 현실을 받아들이고 비룡공자를 급습할 기회를 노렸다.

"그렇다."

화운룡은 서초후가 급습할 기회를 노리고 있다는 사실을 감지하고 주의를 주었다.

"빨리 죽고 싶으냐?"

서초후는 화운룡의 말뜻을 알아들었다. 그는 씁쓸한 표정을 짓다가 왈칵 핏덩이를 토했다.

"우욱!"

그는 자신이 생각보다 엄중한 내상을 입었다는 사실을 깨닫고 착잡한 표정을 지었다.

* * *

"나는 네가 누군지 방금 알았다."

화운룡은 흥미를 느꼈다.

"내가 누구라고 생각하느냐?"

그때 얼마 떨어지지 않은 곳에서 비명 소리가 터졌다.

퍽!

"으악!"

서초후는 그것이 존서일왕의 비명 소리라는 것을 알아듣고 뺨을 씰룩거렸다.

모르긴 해도 사천여 명 남은 오외신군도 오래지 않아서 전멸하고 말 것이다.

서초후는 조금 전에야 화운룡이 누군지 짐작하게 된 사실을 설명했다.

"너는 반년 전에 괄창산에서 존동오왕과 존북오왕의 십존왕 중에서 네 명을 죽이지 않았느냐?"

화운룡은 태연하게 대답했다.

"존동인지 존북인지는 몰라도 내가 괄창산에서 존왕 네 명을 죽인 것은 맞다."

"그들은 천성제인 솔천사를 죽이러 갔었다."

"그랬었지."

화운룡이 솔천사를 구하는 과정에 존왕 네 명을 죽였으므로 십존왕이 무엇을 하러 괄창산에 왔는지 모를 리가 없다.

존북오왕과 존동오왕 십존왕이 솔천사를 죽이러 갔다가 비룡공자의 방해로 존왕 네 명이 죽었다면 비룡공자가 누구일 것이라는 짐작이 어렵지 않게 나온다.

"너는 솔천사의 제자로구나."

화운룡은 고개를 끄떡였다.

"제대로 맞혔다."

슥…….

서초후는 두 팔로 땅을 짚지 않고 상체만을 일으켜서 책상다리로 앉았다. 짓이겨진 그의 두 팔이 움직일 때마다 흉물스럽게 덜렁거렸다.

그의 입에서 흐른 피가 반백의 턱수염을 붉게 물들여서 더욱 비참하게 보였다.

"음… 괄창산에서 네 명의 존왕을 죽인 자가 비룡공자라는 사실만 알았더라도 네가 제팔대 천성제라는 사실을 깨달았을 텐데 아쉽구나."

천외신계로서는 비룡공자가 제팔대 천성제라는 사실을 알았더라면 지금까지처럼 느긋하게 비룡공자를 상대하지 않았을 것이다.

화운룡은 고개를 가로저었다.

"틀렸다. 나는 제팔대 천성제가 아니다."

서초후는 눈썹을 꿈틀거렸다.

"무슨 헛소리냐?"

"솔천사의 제자는 맞지만 제팔대 천성제는 아니라는 뜻이다."

"그런 말도 안 되는 헛소리를 나더러 믿으라는 게냐?"

화운룡은 고개를 끄떡였다.

"그렇구나. 나는 이 사실을 힘들여서 너한테 믿으라고 할 필요가 없다. 너는 그냥 죽으면 된다."

"……."

서초후의 안색이 가볍게 변했다.

그는 심각한 내상을 입은 탓에 공력이 절반밖에 모아지지 않는다는 사실을 방금 전에 알게 되었다.

공력이 온전할 때에도 화운룡에게 겨우 이초식 만에 패했는데 절반뿐인 공력으로는 급습을 시도한다고 해도 성공할 가능성이 희박하다.

하찮은 미물조차 죽지 않으려고 발버둥을 치는데 하물며 사람 그것도 천외신계의 천신족 반신위이며 일국의 제후인 그가 죽고 싶겠는가.

하지만 그는 죽음을 두려워하진 않는다. 다만 부질없는 죽음이 수치스러울 뿐이다.

"나를 죽일 셈이냐?"

"죽이지 않을 이유가 있느냐?"

서초후는 운설과 홍예. 건곤쌍쾌가 다가와 화운룡 좌우에 늘어서는 것을 보며 착잡한 표정을 지었다.

그는 절망적인 상황에서도 한 가닥 희망의 끈을 놓지 않았다. 할 수만 있으면 어떻게 해서든지 살아남는 것이 허무하게 죽는 것보다는 백번 천번 나은 일이다.

"나를 죽이지 않을 이유가 있느냐?"

묘한 반문이다. 이런 상황에서 비룡공자가 자신을 죽이지 않을 이유에 대해서 자신은 모르겠는데 혹시 너한테 그런 것이 있느냐는 회유적인 질문이다.

그러나 화운룡으로서는 서초후를 죽이지 않을 이유가 딱 하나 있기는 하다.

만약 그것이 제대로 먹힌다면 서초후를 죽이는 것보다 훨씬 이득이다.

그는 가볍게 고개를 끄떡였다.

"너를 죽이지 않을 이유가 하나 있기는 하다."

서초후의 얼굴에 흐릿한 기대가 떠올랐다.

"그게 뭐냐?"

그는 살고 싶지만 비참하게 애걸복걸하고 싶지는 않았다. 말하자면 살아남아도 자존심을 지키고 싶다는 것이다.

화운룡은 팔짱을 꼈다.

"네가 한 가지를 분명하게 약속해 주면 살려주겠다."

서초후의 눈이 흐릿하게 빛났다. 죽을 수밖에 없었던 상황에서 목숨을 건질 수 있는 가능성이 생겼다.

"무엇이냐?"

"우리를 건드리지 마라."

서초후는 말뜻을 이해하지 못해서 눈살을 찌푸렸다.

"무슨 뜻이냐?"

"네가 천여황에게 우리를 건드리지 않는다는 약속을 받아낼 수 있다면 널 살려주겠다."

서초후는 미간을 더 좁혔다.

"비룡은월문을 건드리지 말라는 얘기냐?"

"나는 비룡은월문이 있는 태주현을 중심으로 삼백 리 일대를 평화지역으로 설정했다. 그곳을 건드리지 않으면 나도 천외신계가 무엇을 하든 상관하지 않겠다."

서초후는 평화지역 같은 말을 처음 들었다. 그가 처음 듣는다면 천여황도 들은 적이 없을 것이다.

"평화지역이라니……."

서초후의 미간이 자꾸만 좁아졌다.

"솔천사의 제자는 제팔대 천성제로서 중원을 지켜야 할 책임이 있거늘 무슨 헛소리를 하는 것이냐?"

"말하지 않았느냐? 나는 솔천사의 제자이지만 제팔대 천성제는 아니다."

"그게 가능한 일이냐?"

"가능하다."

서초후는 눈을 껌뻑거렸다. 생각해 보니까 화운룡의 말을 이해하지 못할 것도 없을 것 같았다.

"그러니까 너는 솔천사의 제자로 발탁됐으면서도 제팔대 천성제로서의 임무를 수행하지 않겠다는 것이로군."

"그렇다."

서초후는 싸움이 벌어지고 있는 쪽을 쳐다보았다.

"싸움을 멈추어주겠느냐?"

그는 뒤늦게야 수하를 한 명이라도 더 살려야겠다는 생각을 한 모양이다.

화운룡과 얘기가 잘된다면 그는 물론이고 오외신군도 살릴 수 있을 것이다.

화운룡은 눈살을 찌푸렸다.

"성가신 놈이로군."

화운룡은 서초후 정도의 어마어마한 인물을 아무렇지도 않게 '성가신 놈'이라고 꾸짖었다.

서초후는 묘한 표정으로 화운룡을 쳐다보았다. 그는 화운룡이 겉으로는 약관 청년의 모습이지만 속에는 능구렁이가 들어앉은 노인 같다는 느낌이 문득 들었다.

그리고 지금에야 느낀 것인데 화운룡의 전신에서는 어떤 범접하기 어려운 기운이 파도처럼 흘러나오고 있으며 시간이 흐를수록 더욱 강해졌다.

서초후 정도의 인물을 억압할 기도라면 천여황만이 가능한 일이거늘 지금 화운룡에게서 흘러나오는 기도가 그를 숨쉬기

조차 어렵게 만들고 있다.

천여황은 패도적인 기도이며 화운룡은 너무 거대해서 서초후를 점점 작게 만든다는 점이 다르다면 달랐다.

서초후가 앉은 채 쳐다보고 있자니까 비룡은월문 검수들이 화살을 쏘아 멀리 떨어진 오외신군을 주살하고 있다가 어느 순간 일제히 멈추었다.

서초후는 화운룡이 전음으로 싸움을 중지하라고 명령했다는 사실을 깨닫고 자신도 즉시 웅혼하게 외쳤다.

"오외신군은 물러나서 정렬하라!"

순간 흩어져 있던 오외신군이 즉시 한쪽으로 물러나 질서 있게 정렬했다.

오외신군은 방금까지 회천탄 공격으로 우왕좌왕하고 있었다는 사실이 믿어지지 않을 정도로 신속한 행동이다.

오외신군은 그사이에 천여 명이 죽거나 부상을 당해서 삼천여 명만이 정렬을 하고 서초후의 다음 명령을 기다렸다.

비룡은월문 검수들과 오외신군은 십오 장의 거리를 두고 서로 마주 본 상태로 대치하고 있다.

그때 장하문이 달려와서 운설 옆에 섰다.

화운룡이 느긋하게 말했다.

"이제 네가 대답할 차례다. 할 수 있겠느냐?"

서초후는 진중한 얼굴로 말했다.

"본국이 비룡은월문을 치든 치지 않든 결정은 여황 폐하께서 하시는 것이다."

"그건 안다. 그러면 네 생각은 어떠냐?"

서초후는 솔직하게 대답했다.

"내가 여황 폐하라면 너의 조건을 수락할 것이다."

"어째서냐?"

서초후가 침묵을 지키자 화운룡은 묵묵히 기다려 주었다.

서초후는 한동안 고개를 숙이고 있다가 뭔가 결심한 듯 무거운 어조로 말문을 열었다.

"본국은 천신대계의 가장 큰 걸림돌을 두 개로 판단했으며 오랫동안 그것들에 대해서 조사했었다."

화운룡은 듣기만 했다.

"하나는 천중인계이고 또 하나는 십절무황이다."

느닷없이 '십절무황'이라는 말이 튀어나오자 화운룡과 장하문, 운설, 홍예 등이 모두 움찔 놀라는 표정을 지었다.

마침 서초후는 굳은 표정으로 고개를 숙이고 있어서 화운룡 등의 표정이 변하는 것을 보지 못했다.

천외신계가 천중인계를 걸림돌로 여기는 것은 이해가 되는데 십절무황이 걸림돌이라니 말이 되지 않는다.

미래의 화운룡은 무극사신공을 성취한 후 오 년 동안 무림을 종횡하다가 무적검신이라고 불렸으며 그로부터 삼십여 년 동안 그 별호로 살았었다.

그러다가 무황성을 완성하고 천하제일인에 등극하면서 장하문으로부터 십절무황이라는 별호를 받았었다.

그러니까 십절무황이라는 별호는 지금으로부터 삼십오 년 후에 등장하게 되는데, 서초후의 입에서 느닷없이 '십절무황'이라는 별호가 튀어나오자 놀라지 않을 수 없다.

서초후가 고개를 들었을 때 화운룡을 비롯한 모두의 얼굴 표정은 조금 전으로 돌아가 있었다.

서초후는 진지하게 말했다.

"그 두 개 중에 하나인 천중인계가 거래를 하자고 하면 여황 폐하께선 결코 가볍게 여기지 않으실 것이다."

화운룡은 지나가는 말처럼 슬쩍 물었다.

"십절무황은 무엇이냐?"

"나도 자세한 것은 모른다."

"아는 대로 말해봐라."

"그게 왜 궁금한 것이냐?"

화운룡은 태연하게 대꾸했다.

"천외신계가 두려워하는 것이 천중인계 말고 또 있다는데 궁금하지 않겠느냐?"

서초후는 씁쓸한 표정을 지었다.

"본국은 두려워하는 존재 같은 것이 없다. 다만 걸림돌이 있을 뿐이다."

화운룡은 쓸데없는 말장난을 하고 싶지 않았다.

"그래. 십절무황이 어째서 걸림돌이냐?"

서초후는 화운룡을 응시하며 그가 왜 십절무황에 대해서 묻는지 진의를 알아내려고 했다.

"너는 내게 진정성을 보여줘야 할 것이다."

화운룡은 네 목숨이 내 손에 있다는 사실을 일깨워 주었고, 그것은 즉시 효과를 보였다.

서초후는 씁쓸한 얼굴로 말했다.

"자세한 것은 모르지만 십절무황이 천하무림을 일통하여 손안에 틀어쥐고 있기 때문에 여황 폐하께선 수하들에게 그를 만나 포섭하라고 명령하셨다."

화운룡 등은 다 똑같은 생각을 했다.

화운룡이 천하무림을 일통하여 십절무황이 된 것은 지금으로부터 삼십오 년 후의 일인데 그것을 천여황이 어떻게 알고 있느냐는 것이다.

그렇지만 천여황은 제대로 알고 있는 것이 아니다. 미래에 일어날 일을 현재로 알고 있기 때문이다.

한 가지 분명한 것은 천여황이 십절무황을 천중인계만큼 중요한 세력으로 보고 있다는 뜻이다.

그렇기 때문에 십절무황을 포섭하라고 명령한 것이다. 그렇다면 비룡은월문을 건드리지 말라는 화운룡의 요구를 받아들일 가능성도 있다.

화운룡은 당연한 질문을 해보았다.

"나는 십절무황이라는 별호를 들어본 적이 없는데 그런 인물이 천하무림을 일통했다니 어불성설이다."

"나도 여황 폐하께 처음 들었다."

"그런데 십절무황이 어찌 천외신계의 걸림돌이 될 수 있다는 말이냐?"

"너에게는 이상하게 들리겠지만 십절무황은 실제로 현실에 존재하고 있다."

갈수록 점입가경이다.

그는 자신이 살기 위해서 화운룡에게 진정성 있는 비밀 하나를 털어놓을 수밖에 없다고 생각했다.

"여황 폐하께선 처음에 십절무황이 현재에 존재한다고 생각하셨으나 나중에는 그가 미래에서 왔다고 생각하시는 것 같다."

"……."

여기에서 화운룡은 할 말을 잃고 말았다. 서초후가, 아니, 천여황이 정확하게 짚었기 때문이다.

서초후는 화운룡의 표정을 보고 그가 자신의 말을 믿지 않는다고 오해를 해서 거기에 대해 설명을 했다.

"여황 폐하께선 확실하지 않은 것에 대해서는 결코 말씀하시지 않는다."

그럴 것이다. 그렇기 때문에 십절무황을 두 개의 걸림돌 중에 하나라고 지정하지 않았겠는가.

그리고 더 놀라운 말이 서초후에게서 흘러나왔다.

"여황 폐하께선 십존왕을 십절무황이 있는 장소로 보내셨으나 그를 만나지 못했다."

"그곳이 어디냐?"

"용황락이라는 곳이다."

"……."

화운룡은 한 대 얻어맞은 듯한 표정을 지었다.

용황락이 무엇인가. 천하를 주유하던 화운룡이 우연히 세외비경(世外秘境)을 발견하여 그곳을 용황락이라고 이름을 지었는데 그때가 사십오 세 때였다.

이후 그곳에 수시로 드나들면서 순전히 혼자 힘으로 가꾸고 전각 따위를 지은 것은 오십오 세가 넘어서였다.

물론 그것은 미래의 일이라서 현실에서는 건축물들이 존재하지 않을 것이다.

꿈속에서도 사랑하고 그리워하는 옥봉과의 사랑이 언젠가 이루어진다면 그녀와 용황락에 들어가서 평화롭게 살겠노라는 것이 그의 꿈이었다.

그런데 천여황이 용황락을 알고 있는 것이다.

서초후는 화운룡이 멍한 표정을 짓고 있는 것을 보고 순간적으로 급습을 시도할까 갈등했다가 그만두었다.

그 대신 화운룡이 어째서 충격을 받은 듯한 표정을 짓고 있는지 궁금해졌다.

"너는 용황락을 아느냐?"

그럴 리가 없을 것이라고 생각하면서도 서초후는 그렇게 물어보았다.

"천여황이 용황락에 가보았느냐?"

화운룡은 물음을 물음으로 답했다.

장하문 등은 몹시 긴장한 표정으로 상황을 지켜보았다.

第五章

멀고도 험한 길

서초후는 화운룡을 비롯한 모두의 표정에서 뭔가 심상치 않음을 감지했다.

"여황 폐하께선 용황락에 가보신 것으로 알고 있다."

"그곳이 어떻다고 했느냐?"

서초후는 천여황이 용황락이라는 곳에 대해서 말한 적이 있는지 곰곰이 생각해 보았다.

일인지하만인지상의 신분인 오초후는 천여황이 베푸는 연회에 자주 참석했었고, 천여황은 사석에서 이따금 놀라운 내용의 말을 할 때가 간혹 있었다.

"용황락은 인세에 다시없을 만고의 무릉도원이며 용황락 곳곳에는 신선이 만들어놓은 듯한 몇 채의 누대와 전각이 있었다고 한다."

'으음! 천여황이 용황락에 가본 것이 틀림없다.'

화운룡은 내심 무겁게 신음했다. 또한 화운룡 자신이 오십오 세가 넘어서 짓기 시작한 용황락의 여러 건물들이 현실에도 존재한다는 사실을 알게 되었다.

어째서 화운룡이 미래에 지은 용황락의 건축물들이 현실에 존재하고 있는 것인지, 그리고 천여황이 어떻게 그곳을 알고 찾아갔는지 의문이 한두 가지가 아니다.

"내가 알고 있는 것은 그게 전부다."

서초후의 말을 듣고 화운룡은 한 가지 결단을 내리고 잔잔한 목소리로 말했다.

"너는 가서 천여황에게 전하라. 사련봉애(思戀鳳愛)의 주인이 경고하노니 비룡은월문을 비롯한 평화지역을 건드리지 말라고 하라."

서초후는 눈을 껌뻑거렸다.

"사련봉애가 무엇이냐?"

"알 필요 없다. 너는 이제 그만 가라."

서초후는 복잡한 표정을 지었다. 그는 화운룡이 용황락에 대해서 무언가 알고 있다고 짐작했으며 그게 무엇인지 궁금했으나 한시바삐 이곳을 벗어나고 싶은 마음이 더 컸다.

슥…….

책상다리로 앉아 있던 서초후는 느릿하게 일어서고 나서 화운룡을 똑바로 쳐다보았다.

"여황 폐하께 그렇게만 말씀드리면 되느냐?"

"그렇다."

서초후는 잠시 화운룡을 묵묵히 응시했다. 처음 그를 대했을 때하고는 사뭇 다른 느낌이 들었다.

처음에는 비룡공자를 천방지축 날뛰는 애송이 정도로 여겼다면 지금은 도저히 범접할 수 없는 거대한 산악 같은 존재로 느껴졌다.

그는 어쩌면 천하를 통틀어 비룡공자만이 천여황의 상대가 될 수도 있을 것이라는 생각이 들었다.

서초후는 수하들에게 존서일왕과 존서오왕의 시신을 수습하고 부상자들을 부축하라고 명령하고는 살아남은 삼천여 오외신군을 이끌고 쓸쓸하게 떠났다.

드넓은 들판에는 만 천여 명에 이르는 시체들이 땅이 보이지 않을 정도로 빽빽하게 깔려 있고 핏물이 작은 바다를 이루어 출렁이고 있었다.

화운룡은 비룡은월문 검수의 시신을 수습하고 부상자를

돌보라고 명령하고는 시체들로 뒤덮인 들판을 굳은 표정으로 바라보았다.

그의 눈앞에 펼쳐져 있는 것은 화운룡이 원하던 모습하고는 전혀 다르다.

십절무황 시절의 그는 팔십 세가 넘은 만년에 이르러서야 천하무림의 일통이나 천하제일인이라는 위치에 오르기 위해서 수많은 싸움과 너무나 많은 살인을 저질렀다는 사실을 깨닫고 크게 후회했었다.

그래서 과거로 돌아온 그는 되도록 싸움을 하지 않고 살인을 피해야겠다고 마음먹었다.

그렇지만 세상일이란 것이 그가 마음먹은 대로 풀리지 않았다. 그는 과거로 돌아와서 이미 셀 수도 없이 많은 사람들을 죽였다.

그래서 그는 허탈한 것이다. 팔십 세가 넘어서야 이유가 무엇이든 간에 살인이라는 것은 나쁘다고 깨달았는데 그런 깨달음을 안고서도 계속 살인을 저질러야 하는 현실이 안타깝기 짝이 없다.

그때 옆에 서 있던 운설이 불쑥 물었다.

"여보, 사련봉애가 뭔가요?"

아까 화운룡이 서초후에게 '사련봉애의 주인'이라고 말했기 때문이다.

비록 운설이 미래에 화운룡의 최측근이고 마누라를 자처했었지만 그가 옥봉을 그리워하면서 지은 피리곡 사련봉애에 대해서는 알지 못했다.

그 곡은 많이 불었으나 그것의 내용에 대해서는 아무에게도 말하지 않았었다.

그러나 화운룡은 대답할 기분이 아니어서 묵묵히 들판만 바라볼 뿐이다.

장하문이 넌지시 운설을 꾸짖었다.

“좌호법님, 주군에 대한 호칭을 주의하십시오.”

지위가 아래인 장하문이 상전인 운설에게 주의를 주는 것은 처음 있는 일이다.

하지만 그가 이런 말을 한 것은 정말이지 꽤 오래 별렀던 일이다.

사석에서는 모르지만 지금처럼 여럿이 있는 자리에서 운설을 비롯한 최측근 여자들이 화운룡에 대한 호칭을 제각각 사사롭게 부르는 것을 못마땅하게 여겼던 그다.

운설 딴에는 딱딱한 분위기를 풀어보려고 말을 꺼냈다가 장하문에게 지적을 당하자 발끈했다.

“하룡, 네가 감히 나를 능멸하느냐?”

장하문도 지지 않았다.

“주군께 무례하지 말라고 말씀드린 것이 능멸입니까?”

운설은 엄숙한 표정으로 자르듯이 말했다.

"미래에 우리가 주군과 어떤 사이였는지 너는 알기나 하고 그런 말을 하는 것이냐?"

운설과 명림, 홍예, 건곤쌍괘의 수란은 화운룡이 베푼 심심상인으로 미래의 일을 속속들이 다 되찾았지만 장하문은 남자라서 그런 혜택을 누리지 못했다.

"미래에 나는 주군의 제일측근이었습니다. 이 사실을 어떻게 생각하십니까?"

드디어 홍예가 끼어들었다.

"하룡, 다른 사람이라면 몰라도 당신이 운설 언니한테 그러면 안 되지."

장하문에게 언제나 다정한 명림도 한마디 거들었다.

"그래요. 하룡이 설아에게 그러는 건 배은망덕이에요."

배은망덕이라는 말까지 나오자 장하문은 기가 죽어서 머뭇거렸다.

"제가 뭘 어쨌다고……."

"하룡 당신이 거의 매일 밤마다 술이 취해서 백진정이 보고 싶다고 찔찔 짜는 것을 나하고 운설 언니, 그리고 명림 언니 셋이서 얼마나 지겹도록 달래주었는지 알기나 알아?"

홍예가 운설을 가리키며 말을 이었다.

"그중에서도 당신은 특히 운설 언니 품에 안겨서 눈물 콧물 흘리며 언니를 제일 많이 괴롭혔어. 그래도 그걸 다 받아주면서 오냐오냐했던 운설 언니야. 그러니까 당신이 운설 언니한테 이런 식으로 대들면 안 되는 거지."

갑자기 운설이 장하문을 가리키면서 쨍한 목소리로 화운룡에게 말했다.

"여보! 이 자식한테 심심상인 시전해 봐요! 아무리 남자라고 해도 당신이 조금만 더 깊이 끌어안고 몸부림치면서 용을 쓰면 될지 누가 알아요?"

장하문은 화운룡이 심심상인을 하는 광경을 몇 번 본 적이 있으며 그때마다 민망하게 생각했었다. 그런데 그걸 자기한테 실행한다는 상상을 하고는 질겁했다.

"이 자식이 미래의 기억을 되찾아야지만 우리가 자기한테 어떤 존재라는 걸 알고 함부로 주둥이를 놀리지 못할 것 같아요! 여보! 어서 해줘요!"

화운룡은 조금 전까지만 해도 무척 우울한 기분이었는데 이들의 격의 없으며 유치하기까지 한 대화를 듣고는 많이 풀어졌다. 가족이 아니라면 누가 이런 대화를 나눌 수 있겠는가.

화운룡은 천천히 몸을 돌려 장하문을 쳐다보았다.

그의 표정이 딱딱하게 굳어 있어서 장하문은 물론이고 운설 등은 아연 긴장했다.

그때 화운룡이 두 팔을 활짝 벌리며 장하문에게 말했다.

"이리 와라, 하룡. 한번 안아보자."

"히익?!"

장하문은 혼비백산해서 다리가 보이지 않을 정도로 쏜살같이 달아났다.

"사양하겠습니다!"

온몸에 소름이 돋은 그는 미래의 기억을 되찾지 못하면 못했지 화운룡하고 남자끼리 심신상인은 죽는 한이 있어도 못할 것 같았다.

* * *

천외신계 비찰림주 찰하륜이 바닥을 뚫고 들어갈 것처럼 납작하게 부복해 있다.

그의 머리 위로 고즈넉한 여자의 음성이 흘러내렸다.

"서초가 죽었다는 말이냐?"

서초란 서초후를 가리킨다.

찰하륜은 죽을죄를 지은 것도 아닌데 몸을 가늘게 떨고 목소리도 떨렸다.

"그렇습니다, 폐하."

이곳은 강소성 중부 지역인 홍화현의 어느 장원이다.

천여황은 천황일제자 화리천과 천황이제자 연군풍 두 명과 마차를 모는 수하 몇 명만을 데리고 남쪽 지방을 유람하다가 천신국에게 충성하는 방파 소유의 이곳 장원에서 하룻밤 묵고 있는 중이다.

"후우……."

천여황은 한연대를 입에 물고 담배 연기를 길게 내뿜었다.

"그러니까 네 말은 비룡공자가 북경 광덕왕부에 침입하여 서절신군과 존서사왕을 죽이고 나서 남하하던 중에 또다시 서초와 존서일왕, 존서오왕을 죽였다는 말이지?"

찰하륜은 천여황을 직접 알현하여 보고하는 것이 처음 있는 일이라서 황송하여 어쩔 줄을 몰랐다.

"그… 렇습니다."

천외신계에서 비찰림 휘하의 비찰림자들은 천하의 정보를 수집하고 조사하며 각 조직 간의 연락을 맡는 것이 주된 임무지만 천외신계 전체 휘하 조직 각각에 많게는 이십 명, 적게는 다섯 명 정도가 배치되어 있다.

조직에 속한 비찰림자들은 무슨 일이 있어도 절대로 싸움에는 참가하지 않으며, 오로지 자신이 배치되어 있는 조직과 다른 조직 간의 연락, 정보 제공 등을 맡고 있다. 그리고 만약 소속된 조직이 와해된다면 즉시 탈출하여 그 사실을 상부에 알리는 임무도 띠고 있다.

서초후가 이끌고 있던 세력에는 다섯 명의 비찰림자가 있었으며 그들은 서초후가 비룡공자에게 제압되고 존서일왕과 존서오왕의 죽음을 확인한 직후 그곳을 떠났다.

그러니까 그들 다섯 명의 비찰림자들은 비룡공자와 서초후 사이에 어떤 거래가 오고 갔는지에 대해서는 알지 못했다.

그곳을 떠나기 직전 그들이 내린 판단으로는 중상을 입고 제압된 서초후 이하 사천여 명의 오외신군이 전멸하는 것은 지극히 당연한 일이었다.

그때 상황으로는 비룡공자가 그들을 살려줄 가능성이 만분지 일도 없었다.

만약 서초후 등이 모두 죽는 것까지 목격했다면 다섯 명의 비찰림자들도 그곳에서 뼈를 묻었을 테고 그 사실을 상부에 알리지 못했을 터이다.

천여황은 표정의 변화 없이 담배를 피우다가 연군풍이 향긋한 차를 따르자 희고 고운 섬섬옥수를 뻗어 찻잔을 잡아 입으로 가져갔다.

후룩…….

"서초가 죽다니……."

천여황 바로 아래 지위가 초신족 오초후다. 그들 각각의 무공수준은 천여황 다음으로 사백오십 년에서 오백 년이라는 엄청난 공력의 소유자다.

그런 서초후를 비룡공자가 죽였다는 것이라서 천여황은 충격을 받았을 텐데 겉으로는 전혀 드러내지 않았다.

연군풍이 천여황 대신 찰하륜에게 물었다.

"균천보와 하북팽가의 고수들이 비룡공자를 추격하고 있지 않았던가요?"

하문하는 목소리가 바뀌자 찰하륜은 슬며시 고개를 들었다가 자신을 굽어보고 있는 연군풍을 발견하고는 번개같이 이마를 바닥에 들이박았다.

쿵!

"비룡공자는 균천보와 하북팽가 연합 세력 사천 삼백 중에서 천오백여 명을 죽인 이후 그들을 괴이한 진 안에 가두고는 곧장 남하하여, 서초후 전하가 이끄는 세력에 포위당해 있던 비룡은월문 고수들을 구해내서 그들을 이끌고 서초후 전하를 비롯한 세력을 괴멸시켰습니다."

연군풍은 적잖이 놀라는 표정을 지었다.

"비룡공자는 몇 명으로 균천보와 하북팽가의 연합 세력 사천삼백여 명과 싸운 건가요?"

균천보와 하북팽가 연합 세력에도 비찰림자 세 명이 소속되어 있었다.

"비룡공자와 측근 삼십여 명, 그리고 동창의 금의위 오백 명이었습니다."

천여황은 대화를 전혀 듣고 있지 않은 듯 열어놓은 창을 통해서 아름다운 강의 경치를 바라보면서 차를 마시고 있으며, 화리천은 약간 떨어진 곳에 우뚝 서 있고, 천여황 옆에 서 있는 연군풍이 질문을 계속했다.

"오백삼십 대 사천삼백의 싸움이었군요?"

연군풍은 천여황이 알고 싶어 하는 내용만 정확하게 골라서 물었다.

"그게 아닙니다."

찰하륜은 고개를 들지 못하고 겨우 말했다.

"그럼 뭐죠?"

"보고에 의하면 동창 금의위 오백 명은 전혀 싸우지 못했고 비룡공자와 측근 삼십여 명이 추격대의 선두와 중간, 꼬리를 오가면서 싸웠다고 합니다."

연군풍은 아미를 살짝 찌푸렸다.

"비룡공자를 비롯한 측근 삼십여 명이 균천보와 하북팽가 연합 세력 천오백여 명을 죽였다는 건가요?"

"마… 말씀드리자면 그렇습니다."

연군풍은 '그게 말이 되느냐'는 말이 튀어나오려는 것을 겨우 억눌렀다.

평범한 사람이라면 그런 일은 절대로 있을 수 없다면서 펄쩍 뛰며 믿지 않을 테지만 연군풍은 다르다. 그녀는 결코 평범한 여자가 아니기 때문이다.

그렇지만 그녀조차도 겨우 삼십여 명이 사천삼백여 명을 상대로 싸워서 천오백여 명을 죽였다는 사실이 쉽사리 믿어지지 않았다.

하지만 그녀는 한 가지 경이로운 사실이 더 있다는 것을 잊지 않았다.

전멸 위기에 처해 있었던 비룡은월문 검수 천오백여 명을 비룡공자가 도착하자마자 구해진 것으로도 모자라서 그들을 이끌고 서초후 휘하 만 사천여 명을 괴멸시켰다는 것이다.

'맙소사… 도대체 비룡공자라는 인물은…….'

연군풍은 속으로만 겨우 놀라움을 추슬렀다.

그때 천여황이 창밖을 보면서 중얼거렸다.

"그자는 괴물이로구나."

연군풍은 그제야 조심스럽게 자신의 속내를 드러냈다.

"그런 것 같습니다."

탁…….

천여황이 찻잔을 내려놓자 연군풍이 재빨리 두 손으로 차를 더 따랐다.

"비룡공자라고?"

연군풍은 공손히 설명했다.

"강소성 남쪽 태주현에 있는 비룡은월문 문주입니다."

이어서 그녀는 비룡은월문이 원래는 해남비룡문이었으며 어떻게 해서 오늘날 춘추구패의 반열에 오르게 되었는지에 대해서 비교적 자세히 설명했다.

*　　　*　　　*

천여황은 직속에 우수한 참모를 수십 명이나 보유하고 있지만 최측근 참모는 연군풍 한 사람이라고 할 수 있다.

연군풍은 천하의 정세에 대해서 크고 작은 그리고 세세한 부분까지 모르는 것이 없다.

그녀는 천여황을 보필하는 데 빈틈이 없으려고 밤낮없이 꾸준히 공부하고 있다.

그런 덕분에 천여황은 연군풍의 의견을 되도록 많이 수렴하는 편이다.

"비룡은월문이 춘추구패라는 말이렸다?"

"그렇습니다. 강소성의 일패인 통천방까지 괴멸시키고 결국 그 자리를 꿰찼습니다."

"설명만 들어도 비룡공자라는 자는 대단한 놈이로구나. 시골구석의 한낱 삼류문파를 일 년 반 만에 춘추구패로 성장시키다니 말이야."

연군풍은 조금 전부터 말을 할까 말까 망설이던 내용을 조심스럽게 꺼냈다.

"비룡공자는 평화지역이라는 것을 선포했습니다."

"그게 무엇이냐?"

천여황은 찻잔을 들고 향을 음미하면서 설명을 들었다.

"비룡은월문을 중심으로 주위 삼백 리 일대를 평화지역으로 정했으며 어느 누구라도 평화지역을 침범하면 응징한다는 것입니다."

천여황은 흥미를 느꼈다.

"그래서 그가 그렇게 했느냐?"

"그렇습니다. 지금껏 평화지역을 침범한 어떤 방파나 문파도 무사하지 못했습니다."

"무사하지 못했다는 것은 무슨 뜻이냐?"

"전부 멸문당했습니다."

"그래?"

천여황은 처음으로 눈을 조금 크게 뜨며 반응을 보였다.

"전부 말이냐?"

"그렇습니다."

연군풍은 지금껏 천외신계가 비룡공자에게 도발했다가 도리어 괴멸당한 일들을 줄줄이 읊고 나서 비룡공자가 이번에 북경에 올라온 이유가 무엇인지를 마지막에 설명했다.

"그래서 비룡공자가 광덕왕부에서 서절신군과 존서사왕을

죽인 것으로 추측하고 있습니다."

"주헌결이 정현왕을 죽이러 비룡은월문에 고수들을 보낸 것 때문에 말이냐?"

"그렇습니다."

"그래서 비룡공자가 주헌결을 죽였느냐?"

"죽이지 않았습니다."

천여황은 아미를 곱게 찌푸렸다.

"비룡공자가 광덕왕부에 잠입하여 서절과 존서사왕을 죽이고서도 주헌결을 죽이지 않았다는 것은 이상하군."

"비룡공자는 주헌결을 죽이는 것이 목적이었을 텐데 어째서 서절신군과 존서사왕만 죽이고 북경을 떠난 것인지 저로서도 궁금합니다."

"어쨌든,"

천여황은 찻잔에 남은 차를 마셨다.

"비룡공자는 본국에 꽤 피해를 입혔구나."

"그렇습니다."

"비룡은월문을 손봐야겠다."

연군풍이 공손히 허리를 굽혔다.

"준비하겠습니다."

*　　*　　*

들판에서 출발하려던 화운룡 일행에게 동창 금의위 가족들이 타고 있는 일곱 척의 배에서 급보를 보내왔다.

전서구의 내용은 균천보와 하북팽가의 연합 세력 고수들이 운하 옆 관도에서 금의위 가족들이 타고 있는 배들에 정지하라는 명령을 하고 있다는 것이다.

또한 배에 정선(停船)을 명령하고 있는 연합 세력의 고수는 백여 명이며 균천보와 하북팽가 본진(本陣)은 남쪽으로 달려갔다고 한다.

화운룡은 즉시 장하문을 비롯한 십육룡신을 일곱 척의 배로 보냈다.

그들만으로 백여 명의 적들을 충분히 감당할 수 있을 것이라고 판단했다.

그러고는 비룡은월문 검수들을 관도 옆 잡목이 울창한 야산에 관도를 향해서 길게 매복시켰다.

원래 화운룡은 금의위 가족들이 타고 있는 일곱 척의 배를 이끌고 태주현으로 돌아갈 계획이었지만 균천보와 하북팽가가 지금처럼 계속 괴롭힌다면 용서하지 않을 생각이다.

배에서 보낸 전서구에 의하면 균천보와 하북팽가 연합 세력이 관도를 따라 남하했다고 하니까 오래지 않아서 이곳에 도착할 것이다.

화운룡과 검수들이 매복해 있는 야산은 관도를 따라서 삼백여 장 정도 길게 뻗어 있으므로 그곳에서 관도를 향해 무령강전을 소나기처럼 쏘아 보내면 적들은 순식간에 칠, 팔 할이 쓰러질 것이다.

그렇게 한차례 세차게 뒤흔들어서 적들이 갈팡질팡할 때 화운룡과 천삼백여 검수들, 그리고 동창 금의위들이 관도로 쏟아져 내려가 깡그리 괴멸시킨다는 간단하면서도 무자비한 작전이다.

화운룡은 검수들과 금의위들의 배치를 끝내고 나서 부상자들을 보기 위해 걸음을 옮겼다.

운명갑을 벗은 상태인 그가 잠시 후 도착한 곳은 야산의 아늑한 장소인데 부상자들이 앉거나 누워서 동료들의 치료를 받고 있는 중이다.

화운룡의 시선이 한쪽으로 향했다.

그곳에는 죽은 비룡은월문 검수들의 시신이 몇 줄로 가지런히 눕혀져 있었다.

모두 오십다섯 구의 시신이다. 그들은 화운룡이 도착하기 전에 서초후 휘하 서천문 홍투정수들과 오외신군의 포위망에 갇혔다가 죽음을 당했다.

그리고 부상자는 백오십여 명에 달했다. 모두 중상자들이다. 가벼운 상처를 입은 검수들은 균천보와 하북팽가 고수들을 급습할 대열에 가담해 있다.

예전 황산파였던 의검대 전원이 의술에 어느 정도 조예가 있으므로 그들 이십여 명이 부상자들을 급한 대로 치료하고 있는 중이다.

"가장 위중한 사람이 누구냐?"

화운룡의 물음에 치료를 맡고 있는 의검대 부대주가 그를 한쪽으로 이끌었다.

"칼에 찔렸는데 폐가 관통됐습니다."

"주군……."

가슴을 칭칭 동여맨 천이 시뻘겋게 피에 물든 중상자는 누워 있다가 화운룡을 발견하더니 깜짝 놀라서 일어나려고 했으나 뜻대로 되지 않고 버둥거리기만 했다.

화운룡은 그의 옆에 앉으면서 부드럽게 어깨를 눌렀다.

"운표(暈豹), 괜찮다. 누워 있어라."

그는 비룡검대 검수인데 화운룡이 자신의 이름을 부르자 몹시 감격했다.

그러나 그는 얼굴에 핏기가 하나도 없이 헐떡거리다가 심하게 기침을 하는데 핏덩이를 마구 토했다.

"우욱… 욱……."

화운룡이 즉시 운공을 하여 명천신기를 끌어올리고 있을 때 비룡검수 운표는 혼절했다.

의검대 부대주가 운표를 옆으로 뉘어서 입안의 핏물이 흘러나오게 하고 헝겊으로 입을 닦아주었다.

선천적으로 기억력이 좋은 화운룡은 비룡은월문 초창기 때부터 자신이 직접 무공을 가르쳐 온 비룡검대와 해룡검대, 진검대 검수들 이름은 대부분 기억하고 있다.

"천을 풀고 옷을 벗겨서 똑바로 눕혀라."

부대주가 재빨리 운표의 옷을 벗기고 똑바로 눕혔다.

균천보와 하북팽가 연합 세력이 도착하기 전에 야산에 매복한 곳으로 돌아가야 하므로 화운룡으로서는 많은 수의 부상자를 구할 수 없는 형편이다.

천과 옷이 벗겨지자 운표의 피범벅이 된 상처 부위가 그대로 드러났다.

홍투정수의 반월처럼 휘어진 토번혼 칼에 찔려 후벼 판 것 같은 깊은 상처가 허파를 짓이겨 놓아 숨을 쉴 때마다 피가 쿨럭쿨럭 솟구치고 있었다.

슥…….

화운룡은 커다란 손바닥으로 상처를 덮고 명천신기를 손바닥을 통해 부드럽게 뿜어냈다.

츠으으…….

밀착된 손바닥과 상처 부위 사이에서 흐릿한 김 같은 것이 흘러나왔다.

화운룡의 사백삼십 년 공력이 천하제일의 의술서 명천신의학에 기록된 특수 기법인 명천신기로 전환하여 상처 속으로 강물처럼 도도하게 주입되었다.

명천신기는 상처를 원상회복시키는 데 경이로운 능력을 지니고 있어서 죽지만 않았다면 웬만한 중상은 명천신기로 거의 치료할 수 있다.

부대주는 신기한 표정으로 눈도 깜빡이지 않고 지켜보았다.

그렇게 약 사분각(四分刻: 일각의 사분의 일) 정도가 흘렀을 때 화운룡이 상처에서 손바닥을 뗐다.

"헝겊에 물을 적셔 와라."

화운룡의 주문에 곧 젖은 헝겊이 대령됐다.

부대주는 화운룡이 피 묻은 손을 닦으려는 줄 알았는데 그는 젖은 헝겊으로 운표의 가슴 상처를 깨끗이 닦았다.

"아……."

부대주는 피가 닦인 후에 드러난 모습을 보고 경악해서 눈을 휘둥그렇게 떴다.

조금 전까지만 해도 찢어져서 움푹 파였던 흉측한 상처가 지금은 흐릿한 흉터만 남은 채 사라졌기 때문이다. 그것은 상처가 반년 정도 지나서 아문 것 같은 모습이다.

"어… 떻게 이런 일이……."

부대주는 상처와 화운룡을 번갈아 쳐다보면서 불신의 표정을 지었다.

"한숨 푹 자고 깨어나면 거뜬할 것이다. 진강(晉康), 다음은 누가 위중하냐?"

"아……"

부대주 진강은 화운룡이 살아날 가망이 일 할도 없는 중상자를 살렸다는 사실에 정신이 하나도 없다가 그가 이름을 부르자 깜짝 놀랐다.

"이… 이리 오십시오."

화운룡이 열두 명째 중상자의 치료를 막 끝냈을 때 명림이 그를 부르러 왔다.

"적들이 오고 있어요."

화운룡이 일어나서 매복지인 야산의 관도 쪽 경사면으로 걸어가자 명림이 따르면서 보고했다.

"배에 승선하여 가족들을 윽박지르고 있던 적 백여 명을 하룡과 용신들이 모두 죽였다는 전갈이 왔어요."

"잘했군."

동창 금의위의 가족들이 타고 있는 일곱 척의 배가 무사하다면 이제부터 마음 놓고 균천보와 하북팽가 연합 세력을 마음껏 짓밟을 수 있다.

화운룡이 매복지에 도착했을 때 금의위들의 우두머리인 금의총교위 임오가 다가와서 조심스럽게 말했다.

"주군, 저희들은 무엇을 하면 됩니까?"

"대기하고 있다가 화살 공격이 끝나면 적들을 주살하라."

관도가 내려다보이는 야산 숲속에는 비룡은월문 검수들만 매복해 있으며 금의위들은 뒷전에 물러나 있는 상황이다.

금의위들은 회천탄을 배운 적이 없으며 비룡은월문 검수들이 회천탄을 전개할 때 방해가 될 뿐이다.

임오는 자신들이 걸림돌만 될 뿐 아무런 도움이 되지 못하고 있어서 죄스럽고 답답했다.

그래서 제 딴에는 용기를 내어 화운룡에게 말을 해본 것인데 역시나 좋은 말을 듣지 못했다.

화살 공격이 끝나면 비룡은월문 검수들이 관도로 쏟아져 내려가서 적의 잔당을 주살할 텐데 이진으로 물러나 있는 금의위들에겐 차례가 오지 않을 것이다.

하기야 임오와 금의위들은 얼마 전에 추격대인 균천보와 하북팽가의 연합 세력과 싸울 때도 별다른 도움이 되지 못했다가 나중에 화운룡이 기적 같은 방법을 알려줘서 그나마 선전을 펼칠 수 있었다.

그것은 화운룡이 도와주지 않으면 금의위들은 아무것도 아니라는 뜻이다.

더구나 비룡은월문 검수들이 서초후가 이끄는 만 사천여 명과 싸울 때 금의위들은 그곳에 있지도 않았다.

임오와 금의위들이 부지런히 달려서 들판에 도착했을 때는 이미 상황이 끝난 후였다.

그때 임오와 금의위들은 화운룡이 불과 천오백여 명의 비룡은월문 검수들을 이끌고 만 사천 명과 싸워서 대승했다는 사실에 기절할 정도로 경악했다.

그런 무적의 검수들과 함께 어깨를 나란히 하고 싸우겠다는 임오의 바람 자체가 처음부터 무리였다.

화운룡의 말처럼 임오와 금의위들은 한쪽에서 가만히 기다리고 있다가 나중에 싸움이 끝나고 나서 허드렛일이나 하는 것이 모두를 돕는 일이다.

화운룡과 비룡은월문 검수들이 매복해 있는 곳에서 관도까지는 약 십 장에서 십오 장이라서 회천탄을 발휘하기에는 최적의 거리다.

비룡은월문 검수들은 서초후의 홍투정수와 오외신군을 주살할 때 사용했던 무령강전 전량을 수거해서 나누어 가졌으므로 대부분 삼십 발 가깝게 지니고 있다.

화운룡은 추격대를 구성한 균천보와 하북팽가, 그리고 그들에 동조하는 연합 세력의 방파, 문파의 고수들을 한 명도 남기지 않고 깡그리 전멸시킬 생각이다.

이유는 하나, 비룡은월문을 건드렸기 때문이다.

화운룡은 잘린 나무 그루터기에 앉아서 관도를 지켜보았다.

관도에는 아직 아무도 보이지 않지만 화운룡은 적들이 오백 장 밖에서 달려오고 있는 파공음을 감지했다.

[준비하라.]

그의 전음이 들리자마자 모두들 일제히 회천궁에 한 발씩의 무령강전을 먹였다.

적은 삼천여 명이고 이쪽은 천삼백여 명이므로 정확하게 한 발에 한 명씩만 죽여도 넉넉하게 무령강전 다섯 발 정도면 끝이다.

이윽고 야산 끄트머리 쪽 관도 저만치에 균천보와 하북팽가 연합 세력 고수들 모습이 나타났다.

아직 해가 지기 전이라서 그들이 달리며 일으킨 흙먼지가 부옇게 날아올랐다가 바람에 흩어졌다.

그들은 화운룡이 펼쳐놓은 몇 군데 백팔공도검진을 끝내 뚫지 못하고 운하를 지나는 몇 척의 배를 탈취하다시피 타고서 운하를 건넜다가, 다시 관도로 돌아와서야 간신히 진에서 빠져나올 수 있었다.

비룡공자 때문에 고수를 천오백여 명이나 잃은 데다 갖은 고생을 한 균천보주 전호척과 하북팽가주 팽일강은 비룡공자를 기필코 잡아 죽이고야 말겠다는 분노와 각오가 하늘을 찌르고 있다.

[들어왔습니다.]

야산 끝 쪽에 매복해 있는 비룡검대주 감형언이 전음으로 보고했다.

화운룡에게 생사현관 타통과 신공체질로의 변환까지 받고 공력이 백사십 년에 이르게 된 감형언이 이 정도 거리에서 전음을 전개하는 것은 어려운 일이 아니다.

[후미가 들어올 때까지 기다려라.]

[알았습니다.]

잠시 후에 화운룡이 있는 야산의 복판쯤에 균천보와 하북팽가 연합 세력 고수의 선두가 달려 들어오는 광경이 보였다.

그들은 관도 옆 야산에 매복이 있을 것이라고는 꿈에도 예상하지 못했다.

도주하기 바쁜 비룡은월문이 자신들을 급습할 것이라고 생각하지 못했기 때문이다.

그리고 얼마 지나지 않아 야산의 반대쪽 끝에 있는 용설운검대주 무결의 전음이 들렸다.

[놈들의 선두가 왔습니다.]

화운룡이 짧고도 쩌렁하게 명령했다.

"발사!"

꾸앙!

천삼백여 발의 무령강전이 한꺼번에 발사되자 뇌성벽력이 터져 나왔다.

第六章

명계, 파괴되다

균천보와 하북팽가의 연합 세력 고수들이 야산 쪽을 쳐다보는데 숲에서 번갯불처럼 튀어나온 천삼백여 발의 무령강전이 그들을 폭풍처럼 휩쓸었다.

퍼퍼퍼어어억!

"크윽……."

"커윽!"

"끄악!"

균천보와 하북팽가의 연합 세력 고수 오백여 명이 한꺼번에 우르르 쓰러졌다.

빠른 속도로 달리고 있는 중에 갑자기 오백여 명이 거꾸러졌으므로 서로 짓밟고 짓밟히면서 아비규환이 벌어졌다.

천삼백여 발의 무령강전이 오백여 명만 거꾸러뜨린 이유는 적 한 명을 비룡은월문 검수 두 명 혹은 세 명이서 중복으로 표적을 삼았기 때문이다.

움직이지 않는 표적이라면 미리 약속에 의해 중복되지 않게 회천탄을 전개할 수 있겠지만, 이런 경우에는 야산 쪽 가장자리에서 가깝게 달리던 적들이 가장 많이 죽었다.

그렇지만 방금 첫 번째 무령강전에 적중되지 않았다고 좋아하기는 이르다.

두 번째 무령강전이 숨 쉴 틈조차 없이 벼락 치듯이 야산에서 쏟아졌다.

꽈앙!

그때까지도 연합 세력의 고수들은 벼락 치는 듯한 굉음이 도대체 무슨 소리인지 알지 못했고, 전후좌우에서 동료들이 어째서 갑자기 둔탁한 음향과 함께 거꾸러지는지는 더욱 알지 못했다.

퍼퍼퍼퍼어어억!

"흐악!"

"꾸액!"

연합 세력 고수들은 좁은 관도에서 피하지도 못했고 빗발

치듯이 쏘아오는 무령강전을 쳐내지도 못한 채 속수무책 처절한 비명을 지르며 맥없이 픽픽 쓰러졌다.

비룡은월문 검수들이 각자 세 발씩의 무령강전을 발사한 후에야 연합 세력 고수들 속에서 울부짖는 듯한 고함 소리가 여기저기에서 터져 나왔다.

"산속이다! 반격하라!"

"저기닷! 쳐랏!"

살아남은 연합 세력 고수들은 앞뒤 재지 않고 일제히 야산을 향해 몸을 날렸다.

아니, 그것은 공격을 위해서 몸을 날린 것이 아니라 사지를 벗어나기 위한 몸부림일 뿐이다.

연합 세력의 살아남은 고수는 고작 육백여 명이다. 세 발씩의 무령강전 공격에 이천사백여 명이 거꾸러졌다.

그들이 야산을 향해 허둥지둥 몸을 날리자 기다리고 있던 네 번째 회천탄 공격이 퍼부어졌다.

꾸앙!

지상에 있는 적보다는 야산을 향해 허공으로 떠오른 표적이 더 맞히기 좋은 것은 당연하다.

비룡은월문 검수들로서는 적들이 날 좀 제대로 잘 맞혀서 빨리 죽게 해달라고 용을 쓰는 것 같았다.

퍼버버버퍼퍼퍽!

천삼백여 발의 무령강전이 허공에 떠 있는 육백여 명의 적들 몸뚱이에 인정사정없이 쑤셔 박혔다.

연합 세력의 고수들 중에서 무령강전의 소나기를 뚫고 야산에 도달한 자는 한 명도 없다.

육백여 명 중에 오백여 명이 허공에 뜬 상태에서 무령강전에 꽂혀 처절한 비명을 질러대며 날아갔고, 남은 백여 명이 가까스로 땅을 디뎠을 때 또다시 무령강전의 폭풍이 그들을 휩쓸었다.

그리고 믿을 수 없게도 최후에는 여덟 명만 남았다.

여덟 명 중에서 진짜로 고강해서 살아남은 자는 단 두 명, 균천보주 전호척과 하북팽가주 팽일강뿐이다.

백무신으로서 절정고수 반열에 오른 전호척과 팽일강 외에 여섯 명은 순전히 운이 좋아서 살아남았다.

하지만 그들 여덟 명은 한군데 있지 않았다. 전호척과 팽일강은 선두 쪽에 있고 다른 여섯 명은 수십 장 간격으로 띄엄띄엄 서 있었다.

비룡은월문 검수 몇 명이 그들에게 무령강전을 발사했더니 여섯 명은 죽고 전호척과 팽일강은 무기를 마구 휘둘러서 어렵사리 무령강전을 퉁겨냈다.

비룡은월문 검수 수십 명이 전호척과 팽일강에게 집중적으로 무령강전을 발사한다면 결국 그들도 당할 수밖에 없겠지만 화운룡은 일단 그 둘을 살려두었다.

연합 세력 고수 삼천여 명이 사정거리 내에 들어오고 나서 비룡은월문 검수들의 회천탄 공격이 시작되었고, 그때까지 기껏 삼십을 셀 짧은 시간이 흘렀을 뿐이었다.

수하들의 시체 더미 속에 서 있는 전호척과 팽일강은 자신들이 지금 필시 악몽을 꾸고 있는 것이라고 여겼다.

이토록 짧은 시간에 삼천여 명에 이르는 고수들이 전멸했다는 사실을 도대체 어떻게 이해할 수 있다는 말인가.

전호척과 팽일강은 너무도 황폐한 정신 상태라서 야산의 급습자들을 공격하지도 못했으며, 그렇다고 도주하지도 않고 그 자리에 우두커니 서 있기만 했다.

그때 야산에서 화운룡을 비롯한 측근들과 비룡은월문 검수들이 일제히 신형을 날려 전호척과 팽일강에게 쏘아왔다.

전호척과 팽일강은 뒤늦게 움찔 정신을 차려 급히 운하 반대편을 향해 신형을 날려 도주했다.

휘익!

그러나 그보다 빨리 화운룡이 둘의 머리 위를 지나치며 아래를 향해 쌍장을 뿜어냈다.

후웅!

항룡강인데 피하거나 막지 않으면 죽을 수도 있을 정도로 막강한 위력이다.

화운룡이 유리한 위치에서 하는 공격이기에 허공에 떠 있는 상태인 전호척과 팽일강으로서는 피하는 것이 어려워 급히 왼손을 뻗어 장력을 발출하여 방어했다.

꽈릉!

"우욱……."

"크윽!"

항룡강과 장력이 격돌하는 순간 전호척과 팽일강은 묵직한 신음을 터뜨리며 지상으로 추락했다.

쿠쿵!

그들은 관도 가장자리에 구겨지듯이 떨어져서 땅바닥을 데굴데굴 구른 후에 볼썽사나운 모습으로 널브러졌다.

전호척과 팽일강은 저만치 화운룡이 운하 위 허공에 멈췄다가 마치 계단을 밟는 것처럼 허공답보의 초상승 경공수법으로 걸어 내려오는 모습을 보았다.

화운룡은 쓰러져 있는 전호척과 팽일강 이 장 거리에 소리 없이 내려섰고, 운설과 명림, 십육룡신 등 측근과 비룡은월문 검수들이 포위망을 형성했다.

화운룡과 단 한 번의 격돌이었지만 전호척과 팽일강은 왼팔이 부러지고 가볍지 않은 내상을 입었다.

특히 전호척보다 조금 약한 팽일강은 어깨와 갈비뼈가 부러지는 중상을 입고 쓰러진 채 꼼짝도 하지 못했다.

그러나 전호척은 본능적으로 위기를 느끼고 서둘러 일어나 싸울 태세를 갖추려고 했으나 그의 생각하고는 다르게 몸이 심하게 비틀거렸다.

두 사람은 자신들에게서 이 장 거리에 태산처럼 우뚝 서 있는 화운룡을 발견하고 그가 비룡공자라는 것을 직감했다.

전호척은 방금 자신들을 공격한 사람이 필경 비룡공자일 것이며 지금 자신이 그에게 덤비면 죽음을 당하고 말 것이라고 짐작했다.

방금 일장의 격돌로 미루어 그가 부상을 당하지 않았더라도 비룡공자의 일초지적도 되지 않을 것 같았다.

이제 와서 돌이켜 생각해 보니까 모든 게 허망하기 짝이 없는 일이었다.

비룡공자와 비룡은월문이 이토록 막강한지도 모르고 하룻강아지처럼 그들을 전멸시키겠다고 추격을 했으니 참으로 기가 막힐 일이다.

더구나 중도에 천오백여 명을 잃었을 때 회군해서 북경으로 돌아갈 수도 있었으나, 전호척과 팽일강은 그러지 않고 분노를 억누르지 못한 채 계속 추격했다가 종국에는 이런 돌이킬 수 없는 파탄지경에 처하고 말았다.

전호척과 팽일강은 비룡은월문이 불과 얼마 전에 춘추구

패가 됐지만 춘추구패 중에서도 가장 강한 강삼패에 속하는 균천보보다 더 막강하다는 사실을 인정할 수밖에 없게 됐다.

화운룡이 나직한 목소리로 전호척에게 물었다.

"이제 만족하느냐?"

이끌고 온 수하들과 다른 방파, 문파의 고수들까지 다 죽게 만들고 전호척과 팽일강은 이런 꼬락서니가 되었으니 이제야 만족하느냐고 묻는 것이다.

전호척은 분노와 후회, 치욕이 뒤범벅된 심정으로 뺨에 경련을 일으켰으나 아무 말도 하지 못했다.

화운룡이 불쑥 물었다.

"너희 둘은 천외신계 휘하에 자발적으로 들어간 것이냐? 아니면 억압을 받았느냐?"

그러나 전호척과 팽일강은 참담한 표정을 지을 뿐 입을 굳게 다물었다.

그러자 운설이 냉랭하게 꾸짖었다.

"주군께서 하문하셨잖느냐? 대답해라."

누워 있다가 간신히 상체를 일으켜 앉아 있는 팽일강은 상처의 고통 때문에 가만히 있는데 전호척은 운설을 보면서 사나운 표정을 지었다.

운설이 겨우 이십오륙 세에 불과한 젊은 여자인 데다 화운룡의 수하인 주제에 감히 균천보주인 자신에게 건방지게 굴기 때문이다.

불같은 성격인 운설이 가만히 있을 리 없다. 그녀는 대뜸 전호척에게 슬쩍 손목을 뒤집었다.

스읏…….

"관을 봐야 눈물을 흘리겠느냐?"

"건방진 계집……!"

비록 이런 상황에 처했지만 하북무림의 절대자인 전호척은 부러질지언정 휘는 성격이 아니다.

그는 오른손에 쥐고 있던 자신의 애병 천신창을 번개같이 뻗으며 위력적인 변화를 일으켰다.

큐우웅!

천신창 창끝이 찰나지간 무수한 원을 만들면서 검기에 해당하는 창기(槍氣)의 회오리를 무시무시하게 발출했다.

이날까지 그의 삼 갑자 반 이백십 년 공력의 창기를 피하거나 막아낸 고수는 아무도 없었다.

그는 어쩌다 보니까 자신이 이런 처지에 이르렀지만 하늘 높은 줄 모르고 설쳐대는 어린 계집이 곧 온몸이 짓찢어져서 즉사할 것이라는 사실을 믿어 의심하지 않았다.

투우…….

그런데 그때 무언가가 전호척의 오른쪽 어깨를 가볍게 붙잡는 것 같았다.

운설이 발출한 조화천룡수의 무형지기다.

"……."

빼걱!

"크으……."

그러는가 싶었는데 오른쪽 어깨가 뒤쪽으로 확 젖혀지면서 부러져 나갔다.

그 바람에 발출했던 창기가 그 즉시 소멸됐으며 전호척은 오만상을 쓰면서 뒤로 몇 걸음 비틀거리며 물러나다가 땅바닥에 털썩 주저앉았다.

쿵!

"흐윽……."

전호척은 하필이면 팽일강 바로 옆에 주저앉아서 둘이 나란히 앉아 있는 꼴이 돼버렸다.

그의 왼팔은 아까 화운룡과 일장을 격돌할 때 부러졌으며 오른팔은 방금 어깨뼈가 뒤집히며 박살 나는 바람에 쓸 수 없게 돼버렸다.

하지만 그는 고통보다도 자신이 새파란 젊은 여자에게 맥없이 당했다는 사실이 믿어지지 않았다. 수치스러움이나 분노를 느끼기 이전에 경악과 불신 때문에 눈을 크게 뜨고 운설을 쳐다보았다.

"너… 는 누구냐?"

"전호척, 너는 나를 잘 모르겠지만 나는 너를 잘 알고 있다."

"……."

운설의 입술이 살짝 비틀어졌다. 조소다.

"삼 년 전에 우리한테 제천도패(制天刀覇)를 죽여달라고 하지 않았었느냐?"

"너……"

전호척의 얼굴 가득 놀라움이 떠오르더니 곧 보기 싫게 일그러졌다.

그는 분명히 이 년 전에 혈영단에 제천도패를 죽여달라고 은밀히 청부한 적이 있었다.

"너… 혈영살수냐?"

"혈영단주 혈영객이 나다."

"……."

전호척만이 아니라 팽일강도 경악하여 입을 크게 벌렸다.

설마 저렇게 젊은 여자가 무림제일의 살수조직인 혈영단의 단주 혈영객일 줄은 예상하지 못했다.

더구나 혈영객이 비룡공자의 수하라니 경악할 일이다.

운설이 이죽거렸다.

"네가 우리에게 죽여달라고 청부한 인물은 제천도패만이

아니었지."

제천도패는 절정고수로서 균천신창 전호척을 비롯하여 하북무림을 쥐락펴락하는 다섯 명의 강자 중에 한 명이었다.

심하게 찔리는 구석에 있는 전호척이 버럭 고함을 질렀다.

"닥쳐라!"

그 정도에 기가 죽을 운설이 아니다.

"너는 우리에게 낙성일진뢰(落星一震雷)와 복마장황(伏魔掌皇), 그리고 저자도 죽여달라고 청부했었지."

운설이 가리킨 사람은 놀랍게도 팽일강이다.

팽일강은 놀란 얼굴로 전호척을 쳐다보았다.

"전 문주……."

운설의 말이 계속됐다.

"이후 너는 팽일강에 대한 청부를 중단하라고 요구했다. 아마 그 직후에 균천보와 하북팽가가 극적으로 화해하고 화친을 맺은 것으로 알고 있다."

양팔이 부러지고 가볍지 않은 내상을 입은 전호척은 얼굴이 붉으락푸르락하고 팽일강은 아연실색한 표정으로 전호척을 쳐다보았다.

팽일강은 큰 충격을 받았으나 어떻게 된 일인지 곧 추측할 수 있게 되었다.

삼 년 전쯤에 하북무림은 막강한 다섯 세력들의 각축장이었으며, 조금 전에 운설이 말한 제천도패와 낙성일진뢰, 복마장황, 팽일강, 그리고 전호척이 그 다섯 개 세력의 수장이었다.

그런데 전호척이 혈영단에 균천보를 제외한 네 개 방파와 문파의 수장들을 죽여달라고 청부했다는 것이다.

그 당시에 팽일강은 전호척을 직접 만나서 담판을 짓고 극적으로 화친을 맺었다.

만약 그런 극적인 상황이 벌어지지 않았다면 팽일강은 혈영단에게 암살되고 말았을 것이다.

"당신이……."

팽일강은 일그러진 얼굴로 전호척을 쏘아보았다. 부상의 고통보다 배신의 분노가 훨씬 더 컸다.

그때 운설이 차갑게 말했다.

"너희 둘은 아직 주군의 하문에 대답하지 않았다."

전호척은 복잡한 표정인데 팽일강이 처연한 표정으로 숙이고 있던 고개를 들고 입을 열었다.

"균천보는 자진해서 천외신계 앞잡이가 되었으며 본 가는 이자의 회유로 천외신계를 돕게 되었소."

"팽 가주!"

전호척이 소리치자 팽일강은 씹어뱉듯이 소리쳤다.

"닥쳐라!"

전호척은 얼굴이 붉으락푸르락했으나 아무 말도 하지 못

했다.

팽일강은 모든 것을 포기한 듯 착잡하게 중얼거렸다.

"본 가가 천외신계 앞잡이 노릇을 한 것은 변명의 여지없이 무조건 잘못한 일이오."

그는 화운룡을 보며 말을 이었다.

"이번에 나는 사백 명의 고수를 이끌고 왔는데 본 가에는 백오십 명만 남아 있소. 부디 나를 죽이는 것으로 본 가가 명맥을 유지할 수 있도록 은혜를 베풀어주시오."

그의 얼굴에 진심이 가득 묻어났다.

화운룡이 전호척에게 물었다.

"너는 할 말이 없느냐?"

전호척은 발끈해서 화운룡을 쏘아보았다. 아무리 이런 상황이라고 해도 새파란 화운룡이 존장에게 함부로 하대를 하는 것 때문이다.

화운룡은 전호척이 무슨 생각을 하는지 간파하고 씁쓸한 표정으로 말했다.

"네 부친의 뜻대로 네 둘째 형 전제웅(全帝雄)이 보주가 되었다면 균천보는 무림사에 길이 남을 명문이 되었을 것이다."

전호척이 움찔 놀라서 화운룡을 쳐다보았다.

"너는……."

"네 부친이 전제웅에게 보주의 위를 물려주려고 하자 너는 전제웅을 독으로 암살하여 폐인을 만들어 은밀한 장소에 감금해 놓고는 부친에겐 그가 정처 없이 길을 떠났다고 거짓말을 했었다."

전호척의 얼굴 가득 극도의 경악이 떠올랐다.

"너… 그걸 어떻게……."

"그래서 네 부친은 결국 반골(反骨)인 너에게 보주 자리를 물려줄 수밖에 없었지."

화운룡은 미래에 균천보의 그런 사정을 알고 나서 감금된 전제웅을 찾아내 독상을 치료해 주어 그가 전호척을 죽이게 길을 열어주었다.

이후 전제웅은 균천보를 이끌고 화운룡 휘하에 들어갔으며 그는 무황십이신 중에 한 명이 되기에 이른다.

"무령산(霧靈山) 암동에 갇혀 있는 전제웅의 독상을 내가 치료해서 풀어주는 것을 너는 어떻게 생각하느냐?"

"어어……."

전호척은 혼비백산해서 어어 소리만 했다.

화운룡은 슬쩍 소매를 흔들었다.

파바바밧…….

"흐으……."

열여섯 가닥의 지풍이 전호척의 상체 열여섯 군데 혈도를 찰나지간 격타했다.

전호척은 뒤로 벌렁 자빠졌으며 마치 물에 빠진 사람처럼 힘없이 사지를 허우적거리면서 신음을 흘렸다.

"으어어……."

화운룡은 조용하게 말했다.

"너의 죄를 생각하면 죽여야 하지만 훌륭한 자식들이 네 목숨을 살렸다."

화운룡은 천외신계에 저항하기 위해서 조직된 화북대련의 중요 인물인 전학을 비롯한 사 남매를 봐서 차마 전호척을 죽이지 못했다.

"무공을 폐지했으니 죽는 날까지 조용히 살아라."

그의 말에 전호척은 큰 충격을 받고 온몸을 부들부들 미친 듯이 떨었다.

"흐으으… 내 무공을 폐지하다니… 차라리 날 죽여라……."

화운룡은 이번에는 팽일강에게 말했다.

"너는 가문으로 돌아가서 천외신계와 광덕왕 등과 손을 끊고 자숙하라."

팽일강은 착잡한 표정을 지었다.

"나를 살려주는 것이오?"

"네 자식들은 돌려보내 주겠다."

"……."

팽일강은 두 눈을 커다랗게 뜨며 경악했다.

팽일강은 광덕왕의 아들과 딸인 주형검과 주자봉 남매와 같이 남쪽으로 유람을 떠났던 자신의 아들과 딸 팽현중과 팽소희 등이 오랫동안 연락이 닿지 않아 실종됐다고 여겨 속을 끓이고 있었다.

그런데 그들이 비룡은월문에 있다니 경악할 일이다.

"자식들 교육을 잘 시켜라."

팽일강은 평소 천방지축인 자식을 떠올리고는 부끄러움에 얼굴이 붉어졌다.

화운룡은 그 말을 끝으로 몸을 돌려 관도를 따라 걸어갔다.

팽일강이 급히 그를 불렀다.

"비룡공자!"

화운룡이 걸음을 멈추고 뒤돌아보자 팽일강은 진중한 표정으로 말했다.

"천외신계 이인자인 서초후라는 인물이 대군을 이끌고 귀하를 앞질러 갔소. 그들을 피해서 가시오."

화운룡은 다시 몸을 돌려 관도를 걸어가기 시작했고, 장하문이 팽일강에게 넌지시 일러주었다.

"천외신계 서천국 서천문 홍투정수 사천 명과 오외신군 만 명이라면 이미 우리가 전멸시켰소."

"……"

대경실색하는 팽일강과 전호척을 보면서 운설이 비릿하게 웃으며 덧붙였다.

"흥! 우리가 그놈들을 전멸시키는 일이 급하지 않았으면 네 놈들은 일찌감치 작살났을 것이다."

*　　　*　　　*

한 척의 아담한 배가 태주현 북쪽을 서에서 동으로 흐르는 큰 강 동태하에 떠 있다.

배의 갑판에는 일남 이녀가 강 건너를 향해 서 있다.

천여황과 그녀의 두 제자인 연군풍, 화리천이다.

연군풍이 아무것도 없이 강물만 넘실거리는 동태하 북쪽을 바라보면서 나직한 목소리를 냈다.

"저기에 비룡은월문이 있었는데 사라졌다는 것이냐?"

뒤쪽에 서 있는 안내인이 허리를 굽실거렸다.

"그렇습니다. 저곳에 백암도라는 매우 큰 섬이 있으며 그곳에 비룡은월문이 있었는데 두 달 전 어느 날 홀연히 사라졌다는 것입니다."

"섬이 얼마나 크더냐?"

"둘레 이십오 리입니다."

연군풍이 안내인을 돌아보며 꾸짖었다.

"그렇게 큰 섬이 어느 날 갑자기 사라졌다는 게 말이 된다고 생각하느냐?"

태주현에 거주하면서 암암리에 천외신계를 돕고 있는 문파의 무사인 안내인은 어쩔 줄 모르며 굽실거렸다.

"저… 정말입니다요. 소인이 어느 안전이라고 거짓말을 하겠습니까요……."

안내인은 지금 자신의 앞에 있는 세 사람이 누군지 모른다. 다만 천외신계에서 매우 높은 신분이라고만 알고 있다.

그때 천여황이 조용히 말했다.

"섬이 있었다는 곳이 어디냐?"

안내인이 주위를 둘러보더니 강의 한 곳을 가리켰다.

"저… 저기쯤이었습니다."

슈웃!

순간 천여황이 선 채로 곧장 하늘로 솟구쳤다.

연군풍과 화리천이 고개를 들고 위를 쳐다볼 때 천여황은 이미 삼십여 장 높이까지 솟구쳐 있었다.

천여황은 이십 장을 더 솟구쳐 오십여 장 허공에 정지하고 나서 아래를 내려다보았다.

도도하게 흐르는 넓은 강과 그곳에 떠 있는 수십 척의 크고 작은 배들이 보였지만 백암도라는 큰 섬은 어디에 있는 것인지 보이지 않았다.

천여황은 그 높이에서 천천히 북쪽을 향해 날아갔다. 무림에서는 어풍비행(馭風飛行)이라고 하는 초절정의 경공이 그녀에게서 아무렇지도 않게 전개되고 있었다.

안내인은 까마득한 허공에 떠 있는 천여황을 올려다보면서 지금이 어떤 상황인지도 망각한 채 입에 거품을 물었다.

"으으으… 사람이 아니다……."

천여황의 아래쪽에는 계속 평범한 강의 풍경이 펼쳐졌기에 그녀는 실망을 금치 못했다.

'그렇게 큰 섬이 통째로 사라졌다는 것이……'

그러다가 어느 순간 천여황의 눈이 약간 커지더니 입가에 미소가 피어났다.

'호오… 저기에 숨어 있었구나.'

그녀의 아래쪽에 하나의 섬과 그 한복판에 세워져 있는 거대한 성채가 드러났다.

그런데 섬의 가장자리에는 보통 사람 눈에는 보이지 않는 투명한 막이 쳐져 있었다.

투명한 막은 섬과 바깥세상의 경계였다. 그래서 밖에서는 섬과 비룡은월문이 보이지 않는 것이었다.

슈우—

순간 천여황이 아래로 급강하하며 내리꽂혔다.

연군풍과 화리천은 까마득한 하늘에 떠 있던 천여황이 갑자기 아래로 하강하는가 싶더니 어느 순간 그녀의 모습이 시야에서 사라지자 깜짝 놀랐다.

"사부님!"

천여황은 지상에서 오 장 높이 허공에 뜬 상태에서 빠른 속도로 백암도를 한 바퀴 돌았다.

얼마나 빠른지 섬 한 바퀴 이십오 리를 도는 데 사분각도 채 걸리지 않았다.

그러고는 최종적으로 백암도 서쪽 끝자락에 거대하게 솟아 있는 어느 바위 앞에 가볍게 내려섰다.

푸른 옥색 얇은 상의와 바닥에 끌리는 역시 옥색의 긴 치마를 입고 있는 그녀는 뒷짐을 지고 커다란 바위를 뚫어지게 자세히 살펴보았다.

그 거대한 바위의 모양은 기이했다. 윗부분에 삐죽삐죽 날카로운 칼끝 같은 모양 수십 개가 하늘을 향하고 있는데 그 방향이 제각각 달랐다.

바위를 자세히 살펴보던 천여황의 눈이 어느 순간 조금 커지면서 적잖이 놀라는 표정이 떠올랐다.

"저것은 하나의 태향첨(太向尖)과 팔십팔 개의 첨극(尖極)이 아닌가……!"

놀라움이 더욱 커져서 경악에 가까워졌다.

"맙소사… 저것은 시주물(始主物)이야. 그렇다면 이 섬에 명계가 펼쳐져 있다는 얘기로군."

그녀의 아름다운 입술이 벌어지며 감탄이 흘러나왔다.

"호오… 명계는 전설로만 알려진 줄 알았는데 현세에 명계를 펼칠 줄 아는 인물이 존재하다니… 놀라운 일이다."

그녀는 몇 걸음 가까이 다가가서 바위를 더 자세히 살펴보고는 무거운 신음을 흘렸다.

"음! 틀림없는 시주물이다. 이 섬에 명계를 펼쳐놓았기 때문에 백암도라는 섬이 한순간에 사라져서 그때부터 보이지 않았던 것이다."

그때 우렁찬 호통성이 들렸다.

"거기 누구냐?"

천여황이 쳐다보자 바위 너머 섬 가장자리의 길을 따라서 삼십여 명의 고수들이 달려오고 있는데, 그중 선두의 인물이 더욱 빠르게 달려오며 외쳤다.

"당장 물러서라!"

선두의 인물은 비룡은월문 해룡검대주 조무철이다.

그는 화운룡으로부터 비룡은월문과 백암도에 펼쳐놓은 명계를 지키라는 명령을 받았었다.

조무철은 해룡검수 삼십 명을 이끌고 오전과 오후 하루에 두 차례씩 백암도를 한 바퀴 돌면서 순찰을 도는데 지금은 오후 순찰이다.

조무철은 성에서 누군가 허락도 없이 나와서 시주석을 구경하고 있는 것이라고 생각했다.

명계가 쳐져 있는 상태면 외부에서 아무도 들어올 수 없기 때문이다.

조무철이 가까이 달려와 호통을 치는데도 천여황은 그를 한번 힐끗 보더니 다시 시주물에 시선을 주었다.

조무철은 천여황 세 걸음 옆에 멈추고 꾸짖으면서 그녀의 어깨로 손을 뻗었다.

“물러서라는 말을 듣지 못했느냐?”

그는 천여황의 외모를 보고 연약한 여자라고 착각했다.

그러나 천여황의 어깨에 닿기 직전인 조무철의 손이 보이지 않는 무형의 벽에 부딪혔다.

툭…….

그리고 천여황이 아름다운 목소리로 조용히 물었다.

“비룡공자가 명계를 펼쳤느냐?”

조무철은 ‘명계’라는 말에 심상치 않음을 감지하고 즉시 어깨의 검을 뽑아 천여황을 찔러갔다.

차앙!

“요망한 년이로구나!”

지잉…….

"읏!"

그런데 조무철의 검은 철벽에 부딪친 것처럼 앞으로 뻗어나가지 못했다.

천여황은 시주석을 보면서 한 번 더 물었다.

"비룡공자가 명계를 펼쳤느냐?"

"으으으… 요망한 계집……."

조무철은 검을 뻗을 수 없을뿐더러 몸을 움직이지도 못하게 되자 얼굴을 일그러뜨렸다.

그는 어떻게 하든지 천여황을 제압하고 싶었지만 현재로선 방법이 전혀 없다.

뚜둑…….

그때 조무철의 오른팔이 저절로 꺾이면서 손에 쥐고 있는 검이 그의 목에 대어졌다.

"마지막으로 묻겠다. 비룡공자가 명계를 펼쳤느냐?"

자신의 검을 자신의 목에 대고 있는 조무철은 진땀을 흘리면서 씹어뱉듯이 말했다.

"끄으으… 네년은 알 자격이 없다……."

예전의 그는 시골의 평범한 무사였으나 지금은 화운룡에 대한 충성심으로 똘똘 뭉친 인물이다.

스읏—

그러자 검신이 순식간에 그의 목으로 파고 들어가 반대편으로 나왔다.

"크윽……."

조무철의 목이 뎅겅 잘려 머리가 땅에 떨어졌다.

그때 한 걸음 늦게 달려와서 멈춘 해룡검수 삼십 명이 그 광경을 보고 경악하며 부르짖었다.

"아앗! 대주!"

"대주가 돌아가셨다!"

해룡검수들은 조무철이 어떻게 죽었는지 모르지만 이곳에 천여황 혼자만 있으므로 그녀가 죽였을 것이라고 짐작하여 일제히 검을 뽑으며 그녀를 맹공격했다.

차차창!

천여황은 비로소 느릿하게 그들을 쳐다보았다.

그녀는 공격해 오는 해룡검수들을 보며 차분한 표정으로 슬쩍 손을 한 번 휘둘렀다.

품이 넓은 소매 속에서 하얀 손이 나와 허공을 한 차례 가볍게 저었다.

후우웅!

그러고는 눈에 보이지 않는 무형의 경기(硬氣)가 봄바람처럼 살랑살랑 흘러 나갔다.

경기는 짧은 거리를 쏘아가는 도중에 수십 개의 작고 예리

한 편린(片鱗)의 강기로 변해 해룡검수들의 급소에 정확하게 쑤셔 박혔다.

퍼퍼어어퍼퍼퍽!

"허억!"

"크악!"

해룡검수 삼십 명이 천여황의 단 일장에 모조리 즉사했다.

편린의 강기 즉, 편린강은 해룡검수 삼십 명의 미간이나 목, 심장을 정확하게 관통했다.

천여황은 다시 시주석으로 시선을 던지고는 감탄하듯 나직하게 중얼거렸다.

"잘 만든 시주석이다."

그녀는 조무철과 삼십 명의 해룡검수들을 죽여놓고서도 시주석에만 관심이 있었다.

그러더니 마치 눈앞에 떠 있는 벌이라도 쫓는 것처럼 손끝을 가볍게 털어냈다.

꽈꽝!

다음 순간 시주석이 박살 나서 돌가루가 부옇게 허공에 가득 뿌려졌다.

지이잉… 지지잉…….

그러자 섬 둘레 가장자리 이십오 리 길이로 지상에서 허공 삼십여 장 높이까지의 무형벽이 기음을 내면서 이지러지더니 잠시 후에 멈추었다.

그러고는 사라졌던 백암도와 비룡은월문 성채가 만천하에 모습을 드러냈다.

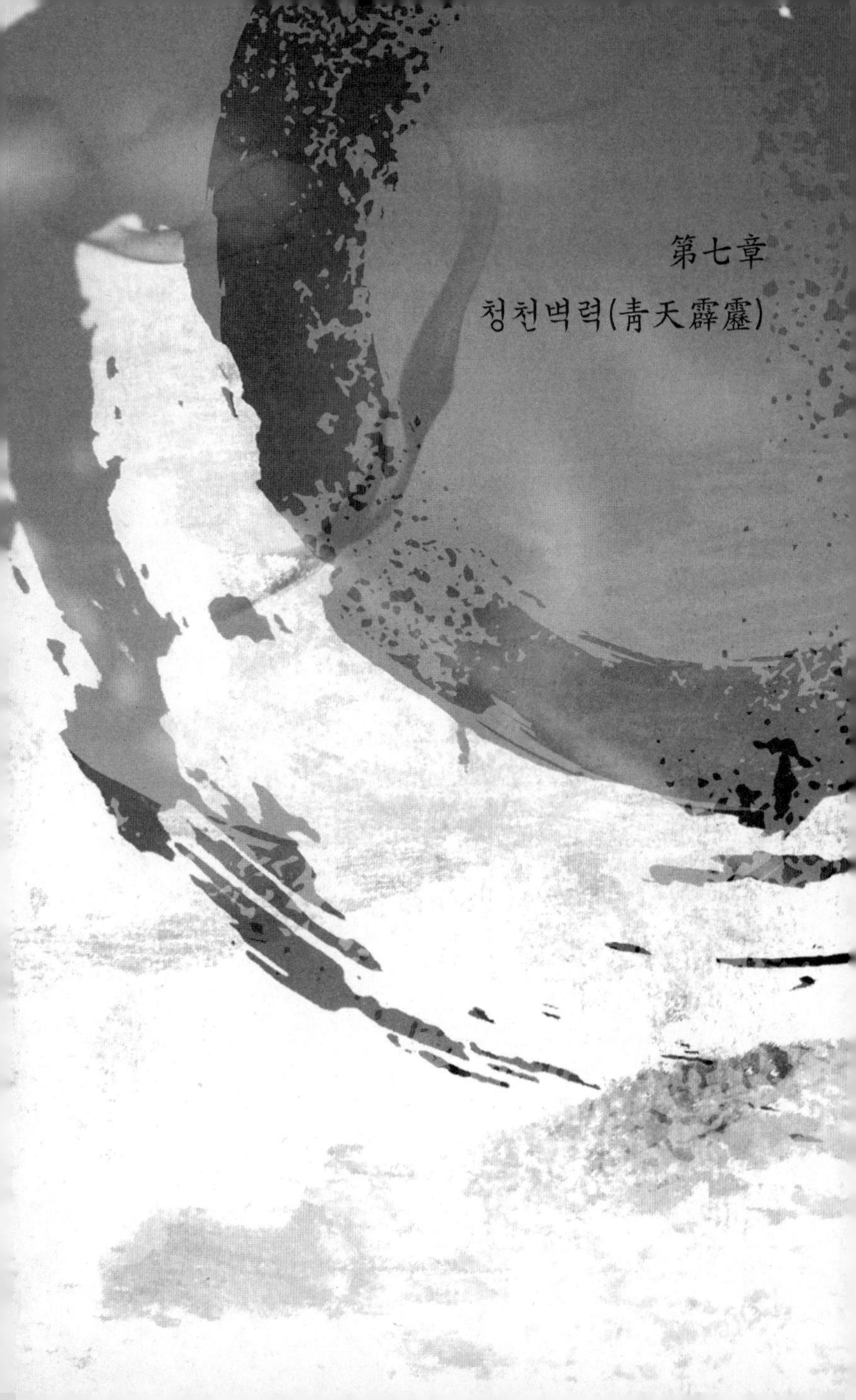

第七章

청천벽력(青天霹靂)

연군풍과 화리천은 눈앞에 느닷없이 거대한 섬이 나타나자 크게 놀랐다.

"아……."

그리고 섬의 서쪽 끝자락에 표표히 서 있는 천여황을 발견하고 기쁜 표정을 지었다.

"사부님!"

천여황은 지상에서 반 장쯤 떠오른 상태에서 비룡은월문 성문을 향해 구름처럼 흘러가면서 전음을 보냈다.

[동초후를 보내라.]

천마혈계에 의해서 중원무림을 접수하라는 명령을 받은 동초후는 천여황의 부름으로 수천 명의 고수와 이만여 명의 군대를 이끌고 이 근처에 대기 중이다.

천여황은 비룡은월문 성 밖의 해자 위를 미끄러지듯이 날아서 성벽을 가볍게 넘어갔다.

연군풍은 천여황이 비룡은월문 성벽 안으로 사라지는 모습을 보고 나서 즉시 동초후에게 전서구를 띄웠다.

*　　　*　　　*

화운룡을 비롯한 측근들과 비룡은월문 검수들, 동창 금의위, 그 가족들을 태운 일곱 척의 배는 경항운하를 벗어나 동태하로 들어섰다.

이곳에서 비룡은월문까지는 육십여 리 거리이며 밤새 운항하면 내일 정오쯤에는 도착할 수 있을 것이다.

동태하는 강폭이 매우 넓으며 이곳 물길을 너무 잘 알고 있으므로 일행은 밤에도 운항하기로 했다.

"후우……."

부상자들의 치료를 끝낸 화운룡은 오랜만에 허리를 펴면서 긴 한숨을 토해냈다.

화운룡은 추격대 균천보와 하북팽가를 비롯한 연합 세력을 전멸시키고 배에 탄 이후 지금까지 잠시도 쉬지 않고 부상자들을 치료했다.

이미 죽어버린 사망자는 화운룡으로서도 어쩔 수 없지만 목숨이 붙어 있는 사람들은 놔두면 죽을 수도 있기에, 그는 한 명이라도 더 살리려고 지난 사흘 동안 잠은 물론이고 밥도 먹지 않았으며 잠시 쉬지도 않았다.

그가 자거나 밥을 먹는 동안 중상자가 잘못될 수도 있기 때문이다.

또한 부상자를 치료하는 신적인 능력은 화운룡만 발휘할 수 있으므로 아무도 그를 돕지 못했다.

결국 화운룡은 사흘 밤낮 동안 부상자 백이십팔 명을 한 명도 죽이지 않고 모두 살려냈다.

화운룡의 명천신기에 의해서 치료를 받고 완치된 부상자들은 언제 부상을 당했느냐는 듯 멀쩡하게 돌아다녀서 사람들을 놀라게 했다.

화운룡이 마지막 부상자 치료를 끝내고 일어서자 지켜보고 있던 운설과 명림이 급히 그에게 다가들어 부축했다.

"여보, 이제 좀 쉬세요."

"여보, 뭐라도 좀 드시고 쉬는 게 좋겠어요."

그때 아월이 톡 끼어들었다.

"두 분은 주인님의 부인입니까?"

"뭐야?"

"그게 무슨 말이지?"

아월은 똑 부러지게 훈계를 했다.

"여보라는 호칭은 부부끼리만 사용하는 거예요. 두 분은 주인님의 좌우호법이지 부인이 아니잖아요?"

아월은 화운룡의 몸종으로 이곳에서는 가장 하급 신분이지만 그녀 자신은 그런 걸 모른다.

그래서 자기 할 말만 톡톡 하는 것이다. 그녀가 제일 믿는 사람은 화운룡이다. 무슨 일이 있어도 그가 자신을 지켜줄 것이라고 믿었다.

운설이 이럴 때 늘 써먹는 말을 꺼냈다.

"너 우리가 주군하고 어떤 사이인 줄 알기나 알고 까부는 것이냐?"

아월은 손가락 하나를 세웠다.

"그런 것을 중원에서는 언필칭요순(言必稱堯舜)이라고 한다더군요."

걸핏하면 했던 말을 자꾸 들먹이는 것을 언필칭요순이라고 한다는 것을 아월이 어디에서 주워들었나 보다.

아월은 그쯤에서 그치지 않고 마무리까지 했다.

"두 분이 주인님의 부인이 아니라면 앞으로 주인님을 여보라고 부르지 마세요."

장하문은 운설의 눈초리가 치켜떠진 것을 보고 이쯤에서 자신이 나서서 아예 결말을 봐야겠다고 생각했다.

"주군께서 결정해 주십시오. 사실 좌우호법의 주군에 대한 극히 사사로운 호칭은 대부분 수하들의 눈살을 찌푸리게 하고 있습니다."

운설과 명림은 움찔하며 장하문을 쳐다보았다. 그가 이런 말을 할 줄은 몰랐다.

화운룡은 단칼에 정리했다.

"너희 둘, 앞으로는 그런 호칭 쓰지 마라."

그의 표정이 엄숙한 것을 보고 운설과 명림은 찔끔해서 아무 말도 하지 못했다.

화운룡은 문으로 향했다.

"나는 좀 자야겠다."

화운룡 뒤를 따르는 아월에게 운설이 잡아먹을 듯한 표정을 짓자 아월이 점잖게 꾸짖었다.

"뒤에서 아랫사람한테 눈을 부라리는 것은 부끄러운 짓이에요. 삼가세요."

화운룡이 뒤돌아보자 운설은 재빨리 부드러운 표정을 지었다.

"끙… 알았다."

* * *

워낙 창졸간에 벌어진 일이라서 비룡은월문 천지당 내당주 막화는 미처 화운룡에게 비홍을 날려 급보를 알릴 겨를조차 없었다.

천지당은 비룡은월문 내에 거주하는 내당과 성 밖에서 활동하는 외당이 있다.

천지당 내당주 막화는 갑자기 들이닥친 수천 명의 괴고수들과 군대에 의해서 손쓸 새도 없이 비룡은월문이 풍비박산나기 시작하자 만사 제쳐두고 운룡재로 내달렸다.

그곳에 옥봉이 있기 때문이었다. 아마 비룡은월문 내의 고수나 무사들은 급습을 당하자마자 제일 먼저 옥봉의 안위부터 걱정했을 것이다.

그만큼 비룡은월문 수하들은 평소에 화운룡과 옥봉에 대한 충성심이 대단했다.

막화가 수하들을 이끌고 도착했을 때 운룡재에는 사람이 한 명도 없었다.

용황락 소속의 고수와 무사들은 급습에 대비하여 만반의 싸울 태세를 갖추고 있었으나 그 어디에도 옥봉과 그녀를 호위하고 있는 최측근들의 모습은 보이지 않았다.

막화는 겁이 더럭 났다. 침입자들이 제일 먼저 운룡재에 들이닥쳐서 옥봉을 납치하거나 죽였을 것이라는 생각이 들었기 때문이다.

바로 그때 용황락으로 수백 명의 괴고수들과 갑옷으로 무장한 군사들이 들이닥쳐 싸움이 벌어졌다.

순식간에 싸움터로 변해 버린 용황락에서 막화는 안간힘을 다해 싸우는 중에 한 가지 중요한 사실을 깨달았다.

이 사실을 화운룡에게 알려야 한다는 것이다.

그는 너무 당황한 나머지 자신의 본분을 잊고 있었다.

*　　　*　　　*

화운룡은 옥봉의 꿈을 꾸었다.

북경에 다녀오는 두 달여 동안 그는 며칠에 한 번꼴로 옥봉의 꿈을 꾸었다.

그렇게 꾼 꿈들은 죄다 그리움과 사랑이 만들어낸 달콤함이 넘치도록 가득 담겨 있어서 깨어나면 개운하고 옥봉에 대한 사랑이 한층 더 깊어지기 일쑤였다.

그런데 지금 그가 꾸고 있는 꿈은 심란했다. 꿈속에서 옥봉은 웬일인지 말도 하지 않고 울기만 하는데 그녀가 점점 멀어지면서 안타깝게 손을 흔드는 것을 보다가 꿈에서 깼다.

끄아아!

어디선가 날카로운 새소리가 들렸다.

'비홍…….'

귀에 익은 비홍의 울음소리가 분명한데 아마 비룡은월문에서 보냈을 것이다.

화운룡이 비룡은월문에 거의 다 도착한 것을 알고 있을 텐데 그사이에 비홍을 보내다니 무슨 일이 있는 것일까.

방금 옥봉이 나오는 뒤숭숭한 꿈을 꾸었는데 때맞춰서 비홍이 오다니 문득 불길함이 엄습했다.

화운룡은 몸을 일으켰다.

'무슨 일이 생긴 것인가?'

그때 갑자기 폭죽이 터지는 듯한 소리가 들렸다.

파앙!

화운룡은 움찔했다.

'불화살이다!'

그는 재빨리 침상에서 내려오며 쩌렁한 목소리로 외쳤다.

"습격이다! 모두 일어나서 밖으로 나와라!"

바닥에서 자고 있던 아월이 놀라서 일어날 때 화운룡은 이미 무황검을 메고 끈을 묶으면서 선실 밖으로 뛰어나갔다.

바깥의 주위가 대낮처럼 밝았다.

화운룡이 급히 보니까 사방에서 수천 발의 불화살이 밤하늘을 밝힌 채 쏘아오고 있는 중이다.

그는 방금 전에 폭죽 터지는 소리가 불화살을 발사하는 소리라고 짐작했는데 정확했다.

여전히 캄캄한 밤중에 수십 척의 거선들이 화운룡 일행의 배 일곱 척을 포위하고 있으며, 거기에 계속해서 불화살을 쏘아대고 있다.

사방에서 허공으로 줄줄이 쏘아 오르는 불화살은 마치 화산이 폭발하는 것 같은 광경이다.

저 정도 엄청난 규모로 화운룡 일행을 공격하는 적이라면 천외신계밖에 없다.

난데없이 천외신계가 동태하에 나타나서 급습을 하다니 도대체 어찌 된 일인가?

화운룡의 머리가 빠르게 회전하다가 어느 순간 뚝 멈추고 그의 얼굴이 단단하게 굳었다.

'명계가 파훼됐다!'

천외신계의 누군가 명계를 파훼하고 비룡은월문을 유린했다. 그리고 화운룡 일행을 급습하고 있는 것이다.

명계가 튼튼하게 유지되고 있다면 비룡은월문이 어디에 있는지도 모르는 상황에 비룡은월문으로 귀환하고 있는 화운룡 일행을 공격하지는 못할 테니까 말이다.

그러나 거기에 대해서는 더 길게 생각할 여유가 없다. 저 소나기처럼 쏟아지는 불화살을 막지 못하면 오래지 않아서 일곱 척의 배는 불구덩이가 되고 말 것이다.

화운룡은 밤하늘을 뒤덮은 채 쏘아오고 있는 불화살들을 향해 쌍장을 발출했다.

초식이고 뭐고 없이 그저 불화살을 되도록 많이 날려 버릴 수 있도록 장력을 최대한 넓게 뿜어냈다.

파우우웅!

한꺼번에 불화살 수백 발이 장력에 휩쓸려서 날아갔다.

그러나 적들은 사방 수십 척의 배에서 수천 발의 불화살을 연속적으로 발사하고 있어서 화운룡이 수백 발 날려 버리는 것으로는 해결되지 않는다.

타타타탁!

더구나 일곱 척의 배들 중에서 화운룡이 제일 먼저 뛰어나와 장력으로 불화살을 날려 버린 탓에 다른 배들은 한 척당 수백 발씩의 불화살이 빽빽하게 꽂혔다.

그러므로 이런 상황이 지속된다면 일곱 척의 배가 불타는 것은 시간문제다.

화운룡이 둘러보니까 그제야 운설과 명림, 홍예, 장하문을 비롯한 용신들과 검수들이 부리나케 쏟아져 나왔다.

화운룡은 일단 신형을 번쩍 위로 뽑아 올렸다가 불화살을 발사하고 있는 가장 가까운 거선을 향해 쏘아가면서 쌍장을 발출하여 빗발처럼 쏘아오는 불화살들을 날려 버렸다.

파아아아!

불화살을 막으려면 불화살을 발사하는 자들을 없애는 것이 더 빠르다는 것이 그의 생각이다.

그가 목표로 삼은 거선에는 난간에 수백 명의 군사들이 달라붙어서 열심히 불화살을 쏘고 있다.

쉬잇!

그는 군사들을 향해 빠르게 내리꽂히면서 무황검을 떨쳐 용탄을 발휘했다.

번쩍!

무황검에서 눈부신 섬광이 일면서 수십 줄기의 백광과 금광의 빛줄기가 비를 뿌리듯이 뿜어졌다.

퍼퍼퍼어어억!

"크윽!"

"흐악!"

한꺼번에 삼십여 명의 군사들이 와르르 거꾸러졌다.

군사들은 불화살을 발사하느라 여념이 없어서 반항도 못하고 떼죽음을 당했다.

화운룡은 갑판에 내려서기 전에 연속으로 용탄과 신강 강산탄비를 발출하여 순식간에 군사 백여 명을 죽였다.

그렇지만 그것은 지금 같은 상황에선 커다란 가마솥에서 죽 한 그릇을 떠낸 정도에 불과했다.

그는 어느 선실 지붕에 내려서 비룡은월문 검수들이 타고 있는 배들을 쳐다보다가 표정이 변했다.

일곱 척의 배 전부가 맹렬하게 활활 불타기 시작했기 때문이다.

제일 먼저 동창고수들의 가족들이 앞다투어 강으로 몸을 던졌다.

대부분 부녀자들인데 강물에 뛰어들면서 처절한 비명을 질렀고 강에 빠져서는 마구 허우적거리면서 살려달라고 소리쳤다.

불타지 않으려고 강에 뛰어들었지만 힘없는 가족들 대부분은 강물에 빠져서 죽게 될 것이다.

일곱 척의 배는 맹렬하게 불타고 있어서 거기에 있다가는 어느 누구라도 칼 한 번 휘둘러보지 못하고 떼죽음을 당하고 말 것이다.

화운룡이 비룡은월문 검수와 동창고수들을 향해 우렁차게 외쳤다.

"적들 배로 옮겨서 싸워라!"

그런데 그때 갑자기 날카로운 파공음과 함께 사방에서 화운룡 한 몸에 빗발치는 공격이 퍼부어졌다.

쐐애애액!

금의를 입은 고수들과 홍의를 입은 고수들인데 백여 명 정도가 선실 지붕과 허공에서 화운룡을 향해 도검과 창으로 무서운 합공을 전개하고 있다.

입고 있는 복장으로 봐서 금의를 입은 자들은 천외신계 색정칠위 중에서 최고수인 금투정수(金鬪精手)이고 홍의는 홍투정수가 분명하다.

쐐애애액! 쿠와아앗!

금투정수는 홍투정수보다 한 등급 높을 뿐인데 그들 삼십 명은 하나같이 검기와 도기를 뿜어내고 있다.

검기를 전개하려면 최소한 이 갑자 백이십 년 이상의 공력이어야 한다.

그런 금투정수 삼십 명에 홍투정수 칠십 명, 도합 백 명의 합공은 결코 녹록하지 않았다.

화운룡이 아무리 초절고수라고 해도 뼈와 살로 이루어진 인간이기에 칼에 찔리고 베이면 죽거나 다칠 수밖에 없다. 아차 하고 잠깐 실수하면 그도 낭패를 당하고 마는 것이다.

"이놈들!"

화운룡은 분노하여 신강을 전개하며, 무황검에서 이 장 길이의 반투명한 금빛의 검강을 뻗어내 빛과 같은 속도로 휘두르며 적들에게 부딪쳐 갔다.

파파아아!

"끄악!"

"크윽……!"

찰나지간 검강에 홍투정수 세 명의 목이 뎅겅 잘라졌다.

그렇지만 금투정수들은 화운룡의 공격을 피하더니 오히려 반격을 해왔다.

제대로 훈련된 금투정수 삼십 명의 합공은 화운룡 정도의 고수 다섯 명 이상을 상대하는 것만큼이나 버겁다.

화운룡이 운설이나 명림 중 한 사람과 양체합일을 했다면 이 정도는 아무것도 아니다.

그렇다고 화운룡이 금투정수와 홍투정수 백 명의 합공에 전전긍긍한다는 뜻은 아니다.

이론상으로는 화운룡 혼자서 이들에게 육 대 사 정도로 열세지만 그는 미래의 십절무황 칠 성(成)에 이르는 성취를 이룬 상태이므로 해볼 만한 싸움이다.

아니, 질 수가 없다. 왜냐하면 그는 미래의 십절무황이고 현재의 비룡공자이기 때문이다.

싸아아…….

화운룡의 뒤쪽 다섯 방향에서 쪼개는 듯한 예기가 쇄도

했다.

이 정도 위력을 뿜어대는 예기라면 검기일 테고 금투정수가 발출한 것이다.

화운룡은 두 발이 보이지 않을 정도로 신묘하게 보법을 밟으면서 무황검을 휘둘러 전면과 좌우에서 공격하는 홍투정수 다섯 명을 찌르고 베었다.

퍼퍼어어억…….

"커흑!"

"왁!"

이어서 가볍게 둥실 허공으로 떠오르면서 뒤쪽에서의 공격을 피하는 것과 동시에 몸을 반회전하여 돌리며 쓸어버리듯이 맹렬하게 용탄을 뿜어냈다.

번쩍!

과연 용탄이다. 수십 줄기로 뿜어져 나간 용탄에 세 명의 금투정수가 관통되어 가랑잎처럼 뒤로 날아갔다.

"흐악!"

"크으……."

기세를 잡은 화운룡은 금투정수들과 홍투정수들 사이를 누비면서 신강을 발휘하여 이 장 길이의 검강으로 무차별적으로 마구 적들의 목을 잘랐다.

두 호흡 만에 또다시 금투정수 다섯 명과 홍투정수 여덟 명이 머리를 잃고 갑판으로 굴러떨어졌다.

적들을 일일이 죽이는 것이 귀찮아진 화운룡은 적들의 한복판으로 들어가서 청룡전광검의 마지막 절초인 파천(破天)을 전개했다.

파천은 두 가지 수법으로 전개할 수 있으며, 하나는 한 명의 적을 상대할 때 전 공력을 한곳으로 집중하여 발출하는 단발식이고, 또 하나는 주변 다수의 적을 깡그리 전멸시킬 때 사방으로 폭발시키는 다발식이다.

화운룡은 전 공력을 한꺼번에 쏟아부어 파천 두 번째 다발식을 전개했다.

부와악!

그러자 마치 화운룡을 중심으로 작은 태양이 폭발하듯 눈부신 섬광이 사방으로 폭사되었다.

그와 함께 무언가 찢어지는 듯한 음향이 터졌다. 수십 명이 한꺼번에 지르는 비명 소리가 그렇게 터진 것이다.

"헉……."

전 공력을 일시에 쏟아낸 화운룡은 선실 지붕에 내려서며 약간 휘청거렸다.

그러나 당장에 위험은 없다. 왜냐하면 방금 파천황으로 금투정수와 홍투정수 팔십여 명이 단 한 명도 남김없이 깡그리 몰살당했기 때문이다.

파천은 단발식이든 다발식이든 무시무시한 위력이다.

적 팔십여 명을 파천황으로 한꺼번에 죽이는 대신 화운룡은 순간적으로 공력이 고갈되어 온몸에 힘이 쭉 빠졌다.

그렇지만 불과 세 호흡 만에 공력이 오 성까지, 열 호흡이면 원래대로 십 성 가득 회복된다.

지금은 화운룡이 파천황을 전개한 직후라서 일 성 정도의 공력만 남아 있다.

잠시가 지나도록 아무도 그를 공격하지 않는 것으로 미루어 이 배에 있는 고수는 그가 방금 죽인 금투정수, 홍투정수가 전부인 듯했다.

뱃전의 군사들은 더 이상 불화살을 쏘지 않았다. 비룡은월문 일곱 척의 배들이 이미 불길에 휩싸였기 때문이다. 그리고 화운룡이 금투정수와 홍투정수들을 깡그리 주살한 것을 보고 혼비백산하는 표정을 짓고 있었다.

화운룡이 재빨리 둘러보니까 비룡은월문 검수들이 천외신계 몇 척의 배에서 치열하게 싸우고 있다.

화운룡이 있는 곳에서 비룡은월문 전체 검수들이 무엇을 하는지 구체적으로 확인할 수는 없지만 모두들 가까이에 있는 천외신계 배로 옮겨 타서 싸우고 있을 것이다.

강으로 뛰어든 동창고수 가족들이 걱정이지만 지금은 그들을 돌볼 겨를이 없다.

이 배의 군사들은 화운룡과 싸우려는 듯 창과 칼을 앞세우고 점점 가까이 다가왔다.

하지만 화운룡은 그들을 내버려 두고 몸을 날려 근처의 가까운 배로 옮겨 갔다.

그는 허공중에서 주위 배들을 둘러보며 운설이나 명림을 찾아보았다.

그녀들과 양체합일을 하려는 것인데 둘 중 아무도 눈에 띄지 않았다.

그는 근처의 어느 배 높은 누대 지붕에 발을 디디면서 어떤 생각이 떠올라 비룡은월문 검수들에게 명령을 내렸다.

"비룡은월문 검수들은 들어라! 배에 불을 질러라!"

천외신계가 비룡은월문 배들을 불태웠다면, 적들의 배 수십 척도 불태우면 모두들 강물로 뛰어들 수밖에 없을 것이다.

비룡은월문 검수들은 화운룡의 외침을 듣자마자 불화살을 지니고 있던 군사들을 제압하여 자신이 옮겨 타고 있던 배에 불을 지르기 시작했다.

화운룡이 옮겨 탄 배에서는 용설운검수 사십여 명이 금투정수와 홍투정수들 백오십여 명과 치열하게 싸우고 있는데 한눈에도 용설운검수들이 열세에 처해 있는 판국이다.

원래 용설운검수들은 전직 혈영살수들이라서 암습과 급습

에 능란하고 강하기 때문에 이런 식의 떼싸움에서는 실력 발휘를 제대로 하지 못한다.

더구나 장소가 넓다면 뛰어난 경공술과 은둔술 등을 적절하게 이용하여 압도적인 우위를 점할 수 있겠지만 지금처럼 배라는 한정된 좁은 공간에서는 지니고 있는 실력의 절반밖에 발휘하지 못한다.

화운룡은 허공에서 갑판으로 비스듬히 내리꽂히면서 천외신계 금투정수와 홍투정수들만을 골라 열다섯 줄기 용탄을 뿜어내며 쩌렁하게 외쳤다.

"용설운검대 물러나라!"

퍼퍼퍼어어퍼퍽!

"크흑……!"

"와악!"

용탄이 적 열 명을 거꾸러뜨리는 순간 사십 명의 용설운검사들은 일제히 몸을 날려 근처의 가까운 배로 쏘아갔다.

화운룡은 투닥거리면서 싸울 필요 없이 적들 한가운데로 하강하면서 파천 두 번째 다발식을 전개했다.

쿠와아앗!

섬광이 사방으로 뿜어지며 금투정수와 홍투정수들의 몸이 마구 관통됐다.

섬광이 적들의 몸통을 관통하는 광경은 지금이 어떤 상황인지를 제쳐두고 무척이나 아름다웠다.

이번에도 예외는 없었다. 금투정수든 홍투정수든 단 한 명도 남기지 않고 깡그리 다 죽였다.

그런데 그때 멀지 않은 곳에서 다급한 외침이 들렸다.

"오라버니! 도와줘요!"

화운룡은 움찔했다.

'연아!'

십칠룡신 중에 화룡이며 화운룡의 여동생 화지연의 다급한 목소리가 분명하다.

화운룡은 외침이 들려온 쪽을 보면서 허공으로 높이 신형을 솟구쳤다.

불타고 있는 대여섯 척의 배 너머 어디선가 외침이 들려온 것 같아서 화운룡은 그쪽으로 쏘아갔다.

파천을 전개한 직후라서 공력이 고갈되어 몸이 아래로 비스듬히 추락했다.

그는 불타고 있는 어느 배의 불길에 휩싸인 선실 지붕을 박차고 깊게 심호흡하면서 다시 한번 솟구쳤다.

제 공력이라면 단번에 날아갈 수 있는 거리를 그는 한 번 더 하강했다가 어느 배의 난간을 딛고 솟구쳐서야 화지연 근처에 당도할 수 있었다.

그가 내려선 곳은 화지연 등이 싸우고 있는 배 뒤쪽에서 불타고 있는 배의 갑판이다.

그가 있는 곳에서 앞쪽인 배 뒤쪽 갑판에서는 화지연을 비롯한 명림, 홍예, 벽상, 당검비, 조연무, 그리고 비룡검수 이십여 명이 치열하게 싸우고 있는 중이다.

그런데 갑판에 쓰러져 있는 사람들 전부가 비룡은월문 검수들이며 그중에 창천과 도도의 얼굴이 얼핏 보였다.

창천과 도도는 피투성이가 되어 쓰러져 있는데 꼼짝도 하지 않는 것으로 봐서 죽은 것 같았다.

화운룡은 가슴이 찢어지는 듯한 기분을 느꼈다.

그는 용신들과 비룡검수들 모두가 겨우 단 한 명을 상대로 싸우고 있는 것을 발견하고 표정이 변했다.

명림을 비롯한 용신들과 비룡검수들의 엄청난 전력이라면 천외신계 이인자인 초신족 초후라고 해도 십여 초 안에 죽일 수 있을 정도다.

'천여황이다!'

그 순간 화운룡의 마음속에서 범종이 울리듯 경악성이 터져 나왔다.

캄캄한 밤에도 눈에 띄는 옥색 상의와 옥색의 긴 치마를 입고 삼단 같은 긴 머리카락을 흩날리면서 춤을 추듯이 살랑살랑 움직이고 있는 여자는 천여황이 분명했다.

물론 화운룡은 천여황을 한 번도 본 적이 없지만 그녀를 보는 순간 천여황이라고 직감했다.

천여황이 아니라면 이 정도 전력의 합공을 받으면서도 우위를 차지하지 못할 것이다.

천여황은 갑판 바닥에서 반 장쯤 허공에 뜬 상태에서 맨손으로 강기를 뿜어내고 있는데 비룡검수들이 지푸라기처럼 퍽! 퍽! 적중되어 날아갔다.

그때 홍예가 날카롭게 외치며 천여황에게 쏘아가 수중의 검을 그어댔다.

"죽어랏! 마녀!"

그와 동시에 명림과 화지연이 몸을 날리며 각각 다른 방향에서 협공했다.

"흥!"

천여황이 가볍게 코웃음을 치며 허공에서 빙그르 회전하면서 폼이 넓은 소매로 비질을 하듯이 쓸었다.

화운룡은 홍예와 명림, 화지연만으로는 절대로 천여황의 적수가 되지 못한다고 판단했다.

불행 중 다행히 그는 천여황의 뒤쪽에 있으므로 자신이 그녀를 향해 파천을 전개하면 승산이 있다는 판단이 섰다.

그는 열 호흡이 지나지 않은 탓에 칠 성 정도의 공력이 회복된 상태지만 파천 단발식을 전개하면 천여황을 죽이지는 못하더라도 부상을 입힐 수는 있을 것이라고 계산했다.

그는 생각보다 더 빨리 천여황을 향해 힘차게 몸을 날려 쏘아가면서 파천을 전력으로 뿜어냈다.

부우웃!

순간 눈부신 섬광이 원형의 둥근 빛줄기가 되어 천여황의 등을 향해 일직선으로 뻗어나갔다.

회전하면서 홍예와 명림, 화지연을 향해 왼손을 쓸어내고 있던 천여황은 회전하는 동작을 멈추지 않은 상태에서 뒤쪽으로 쇄도하는 파천의 빛줄기 즉, 파천광(破天光)을 향해 오른손을 슬쩍 뻗어냈다.

천여황의 두 손에서 뿜어진 강기가 화운룡과 홍예, 명림, 화지연이 발출한 공격과 격돌하기 직전, 면사로 얼굴을 가린 천여황의 시선이 무황검을 앞으로 쭉 뻗은 자세로 쇄도하고 있는 화운룡에게 향했다.

꽈르르릉!

그 순간 천여황의 강기와 화운룡의 파천광이 정통으로 부딪치며 천번지복의 굉음이 터져 나왔다.

"흐악!"

"아악!"

"악!"

화운룡의 것과 세 여자의 비명 소리가 함께 터져 나왔다.

화운룡은 두 손으로 잡고 있는 무황검이 부러지면서 두 팔과 가슴이 짓이겨지며 쏜살같이 아래로 퉁겨 날아갔다.

마치 태산이 무너지며 가슴을 덮친 것처럼 그는 추호도 항거하지 못하고 아스라이 정신을 잃었다.

천여황은 파천과 격돌한 오른팔이 뻐근한 것을 느끼며 허공으로 둥실 퉁겨져 올라갔다.

그러면서 입에서 피를 쏟으며 날아가는 화운룡을 쳐다보다가 눈이 화등잔처럼 커지면서 움찔 몸이 굳었다.

"운룡……."

그녀 입에서 중얼거림이 흘러나왔다.

좌아악!

그녀가 극도의 불신 어린 표정을 지을 때 화운룡은 쏜살같이 강물 속으로 빠져들었다.

"어떻게 당신이 여기에……."

북경의 이름 모를 낯선 주루에서 처음 만나 걷잡을 수 없는 격렬한 사랑에 빠졌던 남자.

밤늦도록 함께 정답게 수십 병의 독한 술을 마시며 술에 취하고 사랑에 취했었다.

그때 그와 같이 있던 그곳은 주루가 아니라 무릉도원이었으며 그녀는 천여황이 아닌 그저 평범한 여자 연종초였다.

그렇게 인사불성이 되도록 취한 것은 그때가 처음이었고, 남자를 벌레처럼 여기던 그녀가 스스로 몸을 열어 마음을 바친 것도 처음이었다.

아침에 깨어나서 화운룡이 떠나간 것을 알았을 때 그녀는 이미 그가 그리워졌다.

그때 용신들과 비룡검수들의 공격이 천여황에게 쏟아졌다.

그러나 그녀는 그런 것에는 추호도 신경 쓰지 않고 화운룡이 빠진 지점의 강물을 향해 다급히 몸을 날렸다.

"안 돼!"

수십 줄기 공격이 그녀의 몸 주위에 상시 쳐져 있는 호신강기에 부딪쳐서 퉁겨졌다.

투투툭…….

파앗!

천여황은 강물 속 깊이 잠수하면서 재빨리 주위를 둘러보며 화운룡의 모습을 찾으려고 했다.

그런데 강물 속에는 너무나도 많은 시체들이 우글거리면서 강물을 따라 흘러가고 있었다.

아무리 캄캄한 어둠 속에서도 대낮처럼 볼 수 있는 능력을 지닌 그녀였지만 한꺼번에 수백 구의 시체들이 우글거리는 강물 속에서 화운룡을 찾아내기란 쉽지 않았다.

화운룡을 찾지 못한 천여황은 애가 타서 죽을 것만 같았다.

아니, 이 순간의 그녀는 천여황이 아닌 연종초다.

'제발… 사라지지 말고 내 눈앞에 나타나줘요… 운룡…….'

그녀는 시체가 득실거리는 강물 속에서 나올 줄 모르고 언제까지나 헤매고 다녔다.

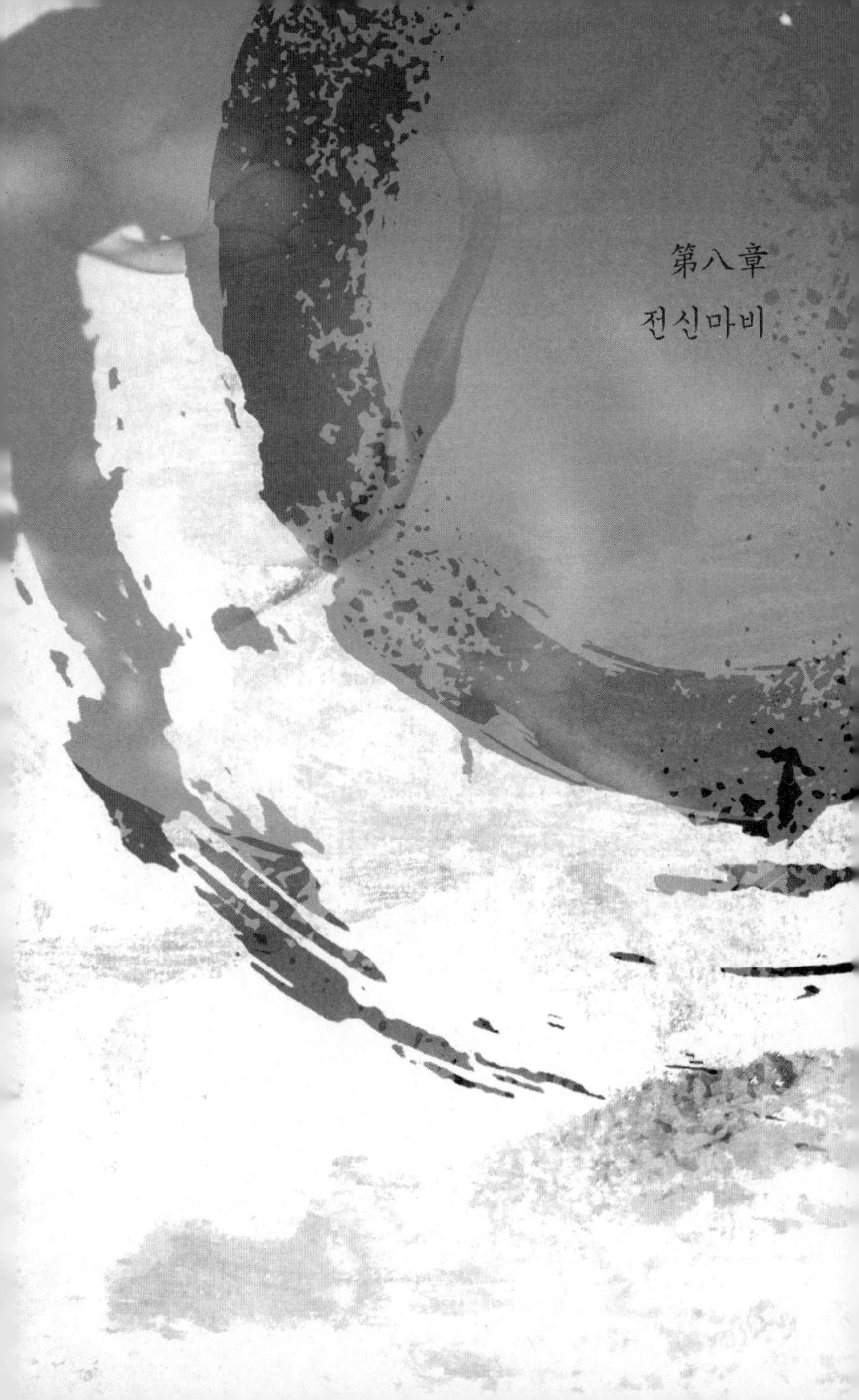

第八章

전신마비

'어떻게 된 것인가…….'

화운룡은 깊은 강물 속으로 끝없이 가라앉으면서 문득 혼란스러움을 느꼈다.

정신이 점점 흐려지고 있는 그는 자신이 태주현에서 세 명의 건달인 일명 태주삼웅 주팔과 양덕, 곤삼에게 납치됐다가 율하 강물에 던져진 것이라는 착각에 빠졌다.

그 당시 그는 태주현의 사고뭉치인 잡룡이며 허약하기 짝이 없는 약룡이었다.

그는 온몸이 밧줄에 꽁꽁 묶였으며 발에는 커다란 쇳덩이가 매달려 있어서 꼼짝없이 죽을 운명이었다.

'이렇게 죽는 것인가?'

그는 자신이 다시 원점으로 돌아왔으며 태주현 율하 강물에 던져져서 차디찬 강물 바닥으로 깊이 가라앉는 짧은 시간 동안에 한바탕 생생한 꿈을 꾼 것이라는 생각이 들었다.

그 꿈속에서 그는 여러 가지 파란만장하면서도 신나는 모험을 했었다.

다 쓰러져 가던 해남비룡문을 무림 최고라는 춘추구패의 하나로 일으켜 세웠으며, 쟁쟁한 수하들을 거느리고 악인들을 무찌르며 천하를 호령했었다.

태주현의 잡룡과 약룡이 실로 대단한 일을 해냈다.

그러다가 문득 너무도 아름다운 한 소녀가 떠올랐다.

'봉애…….'

잡룡이며 약룡인 그는 봉애라는 소녀를 모르는데 어째서 그녀의 모습이 이토록 생생하게 떠오르는 것일까?

* * *

'으으…….'

화운룡은 고통이 진득하게 묻어 끊어질 듯이 이어지는 누군가의 신음 소리를 듣고 깊은 혼절에서 깨어났다.

'으으으……'

그런데 그는 잠시 후에 그 신음 소리가 자신의 입에서 흘러나오고 있다는 사실을 깨달았다.

아니, 입에서 흘러나오는 것이 아니라 목구멍 속에서만 뱅뱅 맴도는 신음 소리였다.

'살았나……?'

그의 뇌리에 마지막 순간의 기억이 끊어질 듯이 점점이 떠올랐다.

태주현 세 명의 건달들에 의해서 온몸이 꽁꽁 묶이고 발에 쇳덩이가 묶인 채 율하 차디찬 강물에 던져졌던 그는 깊은 강물 속으로 가라앉다가 정신을 잃었다.

'집인가?'

눈을 뜨기 전에 그는 이곳이 집 즉, 해남비룡문일지 모른다는 생각이 들었다.

그 당시 그가 율하에 빠졌다가 깨어나 보니까 집이었던 기억이 났기 때문이다.

과거의 잡룡과 미래 십절무황의 기억들이 서로 뒤엉켜서 그를 혼란스럽게 했다.

율하 강물에 빠질 때는 잡룡이었지만 해남비룡문에서 깨어난 사람은 우화등선을 시도했다가 과거로 회귀해 버린 십절무황이었다. 그때 그 상황이 혼재되어 지금 그에게 나타났다.

그때 무슨 소리가 들렸다. 문 같은 것이 열리는 소리에 이어서 사람의 인기척이 났다.

"아!"

그러고는 여자의 나직한 탄성이 터졌다.

이후 아주 가까이에서 이상한 냄새가 났다. 매우 지독한 물고기 비린내인데 여자에게서 나는 것 같았다.

"이봐요! 정신이 들어요?"

여자의 비린내가 물씬 풍기는 손이 화운룡의 어깨를 가만히 흔들었다.

여긴 집이 아닌 것 같았다. 집이라면 어머니나 아버지, 가족이 곁에 있을 텐데 물고기 비린내 나는 여자하고 해남비룡문은 관계가 없다.

화운룡은 천천히 눈을 떴다.

"아! 정신이 들어요?"

화운룡의 시야에 가장 먼저 들어온 것은 헝클어진 머리카락에 검게 그을린 얼굴을 가진 수더분한 외모의 여자다. 삼십 대 중반으로 보였다.

화운룡이 눈을 껌뻑거리자 여자는 기쁜 표정으로 그를 바라보다가 밖을 향해 소리쳤다.

"악(岳)아! 아버지께 무사님이 깨어났다고 말씀드려라!"

"네! 어머니!"

밖에서 또랑또랑한 소년의 대답이 들렸다.

화운룡은 여기가 어디냐고 물으려고 입을 몇 번 벙긋거리다가 다시 정신을 잃었다.

화운룡이 다시 깨어났을 때에는 주위에 여러 사람이 있었다.

그는 다시 혼절했다가 닷새 만에 깨어났지만 자신은 일각쯤 후에 깨어난 것처럼 느꼈다.

그가 깨어났지만 사람들은 그 사실을 모른 채 식사를 하고 있는 중이다.

화운룡은 눈을 뜨지 않은 상태에서 몇 사람이 대화를 나누면서 식사하는 소리를 들었다.

그는 눈을 뜨려고 했으나 좀처럼 떠지지 않았다. 아교로 눈을 붙여놓았는지 아무리 노력해도 바들바들 떨리기만 하다가 한참이 지나서야 간신히 눈이 떠졌다.

제일 먼저 눈에 들어온 것은 천장이다. 아니, 그것은 손목 굵기의 가느다란 나무들을 바둑판 모양으로 얼기설기 엮은 지붕의 안쪽 모습이다.

거기에는 줄에 엮은 물고기들과 말린 채소 같은 것들이 주렁주렁 매달려 있었다.

그는 사람들 말소리가 들리는 쪽을 쳐다보려고 했으나 고개가 움직이지 않았다.

아무리 용을 써도 마음만 간절할 뿐이지, 어찌 된 일인지 고개뿐만 아니라 몸을 꼼짝도 할 수가 없다.

그의 시야에 지붕 안쪽이 보이는 것으로 미루어 똑바로 누워 있는 것 같았다.

'나한테 무슨 일이…….'

속으로 중얼거리던 그의 뇌리에 갑자기 어떤 장면들이 한꺼번에 와르르 떠올랐다.

그것은 마치 바싹 마른 모래에 물을 확 끼얹은 것 같은 느낌이었다.

'천여황…….'

화운룡의 파천과 천여황의 강기가 한바탕 격돌하던 순간의 광경이 뜨겁게 달궈진 인두로 지지듯이 그의 뇌리에 뜨겁게 새겨졌다.

당시 그는 파천 다발식을 전개한 직후, 공력이 완전히 회복되지 않은 상태에서 천여황에게 재차 파천 단발식을 전개했었다.

그래도 명림과 홍예, 화지연이 천여황을 합공하고 있었으며 화운룡은 배후에서 지원 공격을 하는 것이었기에 실효를 거둘 것이라는 계산이었다.

그러나 그런 계산은 철저히 빗나갔다. 천여황은 왼손으로 명림과 홍예, 화지연을 상대하는 동시에 오른손으로 화운룡의 파천과 격돌했다.

그런데도 화운룡이 칠 성 공력으로 뿜어낸 파천이 여지없이 깨져 버리고 말았다.

그녀는 천여황이 분명할 것이다. 화운룡은 서초후하고 싸워봤기 때문에 초신족의 무공 수준을 알고 있다. 그를 단 일 장에 강물 속으로 처박을 정도의 엄청난 위력을 지녔다면 천여황밖에 없다.

'아아… 봉애…….'

수많은 걱정과 염려가 들끓는 가운데 그의 머리와 가슴을 가득 채우는 사람은 옥봉이다.

천여황이 직접 천외신계 고수들과 군사들을 이끌고 화운룡 일행이 탄 배를 기다렸다가 급습을 할 정도였다면 그 전에 비룡은월문을 괴멸시킨 것이 분명하다.

그래 놓고서 발본색원하려고 화운룡을 기다린 것이다.

천여황이라면 화운룡이 백암도에 쳐놓은 명계를 파훼할 수 있었을 것이다.

화운룡은 비룡은월문을 비워둔 채 너무 오래 떠나 있었다.

아니, 그가 비룡은월문에 있었다고 해도 결과는 크게 달라지지 않았을 것이다.

왜냐하면 천여황이라는 엄청난 존재가 직접 대군을 이끌고 올 것이라고 예상하지 못했기 때문이다.

춘추구패가 된 막강한 비룡은월문이나 무림을 떠들썩하게 한 비룡공자도 천여황 앞에서는 한낱 장난거리에 불과했다. 그것을 입증한 결과가 지금 현재의 화운룡이다.

화운룡이 천여황의 일장에 강물 속으로 처박힌 이후 그곳에 있던 운설과 명림을 비롯한 용신들이나 비룡은월문 검수들은 전멸했을 것이다.

도망치지 않고 끝까지 싸웠을 것이기 때문이다. 화운룡은 그들에게 싸우다가 도망치라고 가르치지 않았다.

화운룡이 이 지경이 됐는데 그보다 못한 그들이 무사할 리가 없다.

'크으윽……!'

원통함과 분함이 걷잡을 수 없이 치밀어 올라 그의 온몸을 사시나무처럼 떨게 만들었다.

그러더니 그의 입에서 피가 흘러나왔다. 원통함과 분노가 극에 달해서 피를 토한 것이다.

그때 아이의 다급한 외침이 터졌다.

"아앗! 무사님이 입에서 피를 흘려요!"

그러더니 식사 중이던 가족이 놀라서 화운룡에게 우르르 달려왔다.

화운룡은 두 눈을 뻔히 뜬 채 입에서 피를 콸콸콸콸 쏟아내고 있었다.

덥수룩한 수염투성이 남자가 소리쳤다.

"어서 더운물과 헝겊을 가져와!"

화운룡은 멀건이 천장만 응시하면서 몸을 부들부들 떨며 피를 꾸역꾸역 흘렸다.

사내가 화운룡의 몸을 옆으로 뉘어서 핏물이 기도를 막지 않도록 한 후, 더운물에 적신 헝겊으로 입과 턱을 깨끗이 닦아주었다.

똑바로 눕혀진 화운룡은 눈동자를 굴려서 주위에 모인 사람들을 한 명씩 쳐다보았다.

처음에 깨어났을 때 봤던 물고기 비린내가 많이 나는 여자와 남편인 듯한 텁석부리 사내, 그리고 열 살쯤 돼 보이는 어린 소년 한 명인데 일가족인 듯했다.

이들 가족에겐 몇 가지 공통점이 있었다. 세 명 모두 남루한 행색이고, 물고기 비린내가 심하게 나며, 다들 몹시 걱정어린 표정으로 화운룡을 대하고 있다는 것이다.

이윽고 사내가 화운룡을 들여다보며 조심스럽게 입을 열었다.

"무사님, 정신이 드십니까?"

화운룡은 느릿하고도 힘겹게 눈을 껌뻑거릴 뿐 아무 말도 하지 않았다.

말을 하고 싶지 않은 게 아니라 입을 벌릴 수가 없으니 말을 하지 못하는 게 당연하다.

그렇다고 어디가 아픈 것도 아닌데 말도 못 하고 움직일 수도 없으니 희한한 일이다.

그래서 화운룡은 방금 자신에게 말을 건 사내를 물끄러미 쳐다보기만 했다.

그런데 이들은 어째서 화운룡을 '무사'라고 부르는 것일까?

사내가 다시 조심스럽게 말했다.

"말씀을 못 하시는 겁니까?"

화운룡이 대답이 없자 사내가 말했다.

"소인의 말이 맞으면 눈을 한 번 깜빡이십시오."

화운룡은 천천히 눈을 깜빡였다.

"그러시군요."

사내는 고개를 끄떡이더니 잠시 무언가 생각하고 나서 말을 이었다.

"어떻게 된 일인지 궁금하실 테니까 소인들이 알고 있는 것만 말씀드리겠습니다."

사내의 말에 의하면 이곳은 심천촌(深川村)이라는 첩첩산중이며 사내 일가족은 이곳에서 고기잡이와 밭농사를 지으며 살아가고 있다.

어느 날 아침에 사내는 집 앞 심천(深川)에 밤새 쳐놓았던 그물을 건으러 나갔다가 그물에 걸려 있는 시체 한 구를 끌어 올리게 되었다.

그런데 그 시체가 아직 살아 있더라는 것이다. 미약하지만 심장이 뛰고 있으며 맥박도 잡혔다.

그 사람은 오른손에 한 자루의 부러진 검을 움켜쥐고 있었으며 옷차림으로 미루어 일가족은 그가 무사라고 짐작했다.

그 무사가 화운룡인데 그때부터 가족은 화운룡을 집 안에 눕혀두고 깨어나도록 정성껏 돌봤다는 것이다.

또한 남자가 자세히 살펴보니 화운룡은 가슴 한가운데에 둥글게 시커먼 멍든 자국이 새겨져 있을 뿐 아무런 상처도 없었다고 한다.

그렇지만 화운룡이 계속 깨어나지 않아서 어쩌면 가슴의 멍 자국이 극심한 내상을 입었음을 뜻하는 것이 아닌가 막연하게 짐작했다는 것이다.

그렇게 남자가 심천에서 그물로 화운룡을 건져 올린 지 다섯 달이 지났다고 한다.

'다섯 달씩이나…….'

화운룡의 느낌으로는 천여황에게 일격을 당한 것이 몇 시진 전의 일인 것 같은데 다섯 달이나 지났다고 하니 기가 막힐 노릇이다.

그렇다면 그가 다섯 달씩이나 혼절한 상태로 누워 있었다는 게 아닌가.

"저는 고기잡이를 해야 하고 농사도 지어야 하는 탓에 아내가 거의 무사님을 돌봤습죠."

여자가 쑥스러운 표정을 지었다.

"저야 무사님께 미음을 끓여서 드시게 한 것밖에는 한 일이 없어요."

미음이란 쌀이나 곡식을 푹 삶아서 건더기를 체에 걸러내고 난 후의 물이다.

미음이라고는 하지만 그것이라도 먹으면 배설을 했을 텐데 그럼 그것도 여자가 처리했다는 뜻이다. 즉, 여자가 화운룡의 똥오줌까지 다 받아낸 것이다.

남자가 말했다.

"의원이 있는 안풍현(安豊縣)까지는 여기에서 험한 산길로 칠십여 리 길이고… 보시다시피 우린 너무 가난해서 의원을 모셔 올 형편이 못 됩니다."

그는 몹시 죄스러운 표정으로 말을 이었다.

"그래서 우리는 무사님께 아무것도 해드린 게 없습니다. 죄송합니다."

참으로 순박한 사람들이다. 화운룡의 목숨을 구해주고 다섯 달씩이나 정성껏 돌봤으면서도 해준 것이 없다면서 사과를 하고 있다.

화운룡은 이곳 심천촌이란 곳을 와본 적이 없지만 어디에 붙어 있는 줄은 알고 있다.

소백호에서 시작된 동태하는 계속 동쪽으로 흘러서 동해로 들어가는데 그 전에 작은 변화를 일으킨다.

동해를 백여 리 정도 남겨둔 안풍현에서 동태하의 남쪽이 거대한 늪을 형성했다가 늪의 동쪽 끄트머리에서 한 줄기가 깊은 산중으로 들어가서 심천이 되는 것이다.

산중으로 들어간 강줄기 심천은 동태하 본류의 이 할 정도에 지나지 않는 데다 강폭이 좁고 급류를 이루는 터라서 배는 절대 다니지 못한다.

심천은 백오십여 리를 구불구불 흘러서 동해로 유입되는데 이 구간의 산세가 너무 심해서 마차나 수레는 아예 다니지를 못하고 오로지 사람의 두 다리로만 진입할 수가 있다.

동그란 얼굴의 이 집 아들이 또랑또랑한 목소리로 참견했다.

"그래도 어머니와 아버지께서 매일 무사님을 위해 부처님께 기도를 드렸잖아요."

남자가 아들의 머리를 쓰다듬었다.

"부처님께서 무사님을 낫게 해주실 게다."

*　　　*　　　*

화운룡은 오랜 생각 끝에 자신의 몸이 마비된 것 같다는 결론을 내렸다.

그러지 않고서는 몸이 움직여지지 않을 리가 없으며 아픔이든 뭐든 그 어떤 몸의 감각도 느껴지지 않을 리가 없다.

화운룡은 운공조식을 시도해 보았다.

그러나 단전에서 단 한 움큼의 공력도 모아지지 않았다. 그래서는 운공조식 자체를 할 수가 없다.

그래도 그는 실망하지 않고 운공조식을 계속했다.

몸의 감각이 없는 데다 공력조차 모아지지 않으니까 자신이 운공조식을 하는 것인지 아니면 머릿속으로 구결만 외우는 것인지 분간이 되지 않았다.

하지만 현재 그가 매달릴 수 있는 것이라고는 운공조식뿐이고 그것 말고 딱히 할 일도 없었기 때문에, 하루에 수백 번씩 끝없이 계속했다.

화운룡이 정신을 차리고 나서 한 달이 지났다. 그러니까 천여황에게 당하고 반년이 지난 것이다.

그 한 달 동안 화운룡이 한 일은 두 가지다.

하나는 끊임없이 운공조식을 하는 것이고, 또 하나는 시도

때도 없이 들끓어 오르는 분노와 억울함, 답답함 같은 것들을 초인적인 정신력으로 꾹꾹 억누르는 일이었다.

옥봉이라든지 가족과 일가친지, 측근들, 비룡은월문 검수들과 그의 가족들 등을 생각하면 걱정과 분노 때문에 미쳐버릴 것처럼 정신이 혼란스러웠다.

그러므로 그것들을 억누르는 것이 그에겐 무서운 형벌이고 또한 엄중한 과제였다.

지난 한 달 동안 정신이 말짱한 상태에서 그는 이 집안의 사정에 대해서 어느 정도 알게 되었다.

이 집 가족은 셋이 아니라 네 사람이었다. 이 집 가장인 구일강(具日康)의 친모는 옆방에 있는데 오랜 지병을 앓고 있어서 거동이 불편하다.

그러니까 이들은 늙고 병든 노모와 꼼짝도 하지 못하고 누워 있는 화운룡 두 사람을 돌보고 있는 것이다.

밤이 되면 이 집의 여덟 살짜리 아들 구현악(具玄岳)이 할머니와 같이 자고 구일강 부부는 화운룡이 누워 있는 방 한쪽 바닥에서 잔다.

화운룡이 부부의 침상을 사용하기 때문에 두 사람은 바닥에서 잘 수밖에 없는 처지다.

구일강은 동이 트기 전에 고기잡이를 나가 점심나절에 잠깐 들어와서 식사를 하고는 밭일을 하러 다시 나갔다가 밤이 이슥해서야 귀가한다.

여덟 살짜리 아들 현악도 쉬지 않았다. 하루의 절반은 아버지를 따라다니면서 돕고 나머지 절반은 나무를 해 오거나 집안의 심부름을 도맡아서 했다.

그리고 화운룡이 보기에 가장 바쁘고 많은 일을 하는 사람은 현악의 모친인 하정(霞貞)이었다.

그녀는 남편이 잡아 온 물고기들을 손질해서 말리고 집 근처 텃밭을 가꾸는가 하면, 식사 준비를 비롯한 집안일과 늙은 시어머니와 화운룡을 돌보는 일을 도맡아서 했다.

화운룡은 미음만을 간신히 먹을 수 있기 때문에 소변은 하루에 두 번, 대변을 사흘에 한 번 정도 보는데 그것을 하정이 다 처리하고 물로 깨끗하게 씻어주기까지 했다.

화운룡이 혼절해 있을 때에는 정신이 없었기 때문에 수치심을 느끼지 못했지만 지금은 하루에 두 번은 작은 수치심을, 그리고 사흘에 한 번은 그보다 큰 수치심을 느껴야만 했다.

"……."

화운룡은 이상한 느낌에 잠에서 깼다.

눈을 떴으나 한밤중이라서 캄캄했으며 가까운 곳에서 코 고는 소리가 들렸다.

구일강과 하정 부부인데 둘 다 낮에 힘든 일을 많이 해서인지 심하게 코를 골았다.

화운룡은 가만히 누워서 자신을 잠에서 깨운 느낌이 무엇인지 헤아려 보았다.

그리고 느껴졌다. 무언가 몸속에서 졸졸졸… 흐르고 있는데 아주 작은 시냇물 같다는 느낌이다.

'태자천심운!'

한순간 화운룡은 움찔 놀라서 내심 크게 외쳤다.

그는 과거에 이런 느낌을 받은 적이 없지만 지금 같은 상황에 몸속에서 이런 느낌을 주는 것은 태자천심운밖에 없다고 확신했다.

무극사신공의 심법은 무극삼원(無極三垣)인데 과거에 화운룡은 그것을 극한까지 연공하여 삼원을 하나로 합치는 데 성공했으며 그게 바로 삼원천성(三垣天成)이다.

무극검신 시절에 화운룡은 삼원천성을 완성하여 그마저도 극한에 이르러서 태자천심운을 이루었다.

태자천심운은 삼원 즉, 태미원, 자미원, 천시원이 신체 깊은 곳에서 저절로 운공조식을 한다는 뜻이다.

화운룡의 의지와는 상관없이 밤낮으로 운공조식이 하염없이 지속되면서 공력이 보통 때보다 무려 다섯 배 이상 빠른 속도로 축적된다.

그런데 그의 짐작이 맞다면 지금 그가 원인을 알 수 없는 내상으로 온몸이 마비된 상태인데도 태자천심운이 스스로 운공을 하여 그에게 최초의 신호를 보낸 것이다.

태자천심운은 한번 작동을 시작하면 그의 숨이 끊어질 때까지 제 스스로 운공조식을 한다.

그렇기 때문에 비록 그가 전신마비 상태로 꼼짝하지 못하고 누워 있다고 해도 태자천심운은 그의 체내에서 꾸준히 운공을 하고 있었던 것이다.

'됐다!'

그는 내심 낮게 환호했다. 지금까지 그가 할 수 있는 것이라고는 꼼짝 못 하고 누워서 숨을 쉬는 것과 눈을 뜨고 감는 것뿐이었는데 이제 태자천심운이 작동되고 있다는 사실을 알았으므로 희망이 생겼다.

이제부터는 미래에, 그리고 과거로 회귀해서 수만 번도 더 했던 일인 태자천심운에 운공조식을 더하는 것이다.

그는 눈을 감고 몸속에서 흐르는 시냇물 소리를 들었다. 그것은 태자천심운이 최소량의 공력을 모았다는 뜻이다. 공력이 아예 전무하면 아무 소리도 나지 않는다.

이런 경험은 없었지만 시냇물 소리가 난다는 것은 최소 오년 정도의 공력이 생성됐다는 뜻이다.

지금으로선 두 가지 가능성이 있다.

첫째, 그의 본신공력이 아직 체내에 있는데 극심한 내상 탓에 그것이 봉쇄된 상태다.

둘째, 원인을 알 수 없는 내상으로 공력이 깡그리 소멸되었으며 태자천심운이 새로 생성시킨 오 년 공력이 전부다.

화운룡은 현재 자신이 처해 있는 상황이 첫째 상황이기를 간절하게 원했다.

원래의 본신공력이 깡그리 사라지고 지난 반년 동안 태자천심운에 의해서 생성된 오 년 공력이 전부라면 그것이야말로 절망이다.

일단 그는 첫 번째 가능성에 희망을 품고 전력을 다해서 노력해보기로 마음먹었다.

지금 상황에서 전력을 다해 노력한다는 것은 태자천심운과 병행하여 운공조식을 하는 것뿐이다.

한밤중에 깨어난 그는 그때부터 줄기차게 운공조식을 하기 시작했다.

"다녀오리다."

이른 아침에 화운룡은 이 집의 가장인 구일강이 집을 나가는 소리를 들었다.

화운룡이 부부의 대화를 우연히 듣게 되었는데 구일강은 지금 쌀을 구하러 안풍현으로 떠나는 길이다.

이들 가족의 주식은 자신들이 직접 가꿔서 수확한 감자나

고구마, 옥수수 같은 것들이며 거기에 채소와 물고기로 요리나 반찬을 해서 먹는다.

그렇지만 먹고살기가 팍팍해도 늙고 병든 노모에겐 늘 쌀죽을 끓여서 봉양해 왔다. 이들 가족은 일 년 열두 달 쌀밥을 먹어본 적이 없으며 오로지 노모에게 쌀죽을 봉양하기 위해서만 쌀을 사 온다.

그랬었는데, 반년 전에 화운룡이 이 집에 들어와 안방을 차지하고 누운 후부터는 쌀 소비가 두 배로 늘었다.

부부의 대화를 듣고 화운룡이 알게 된 사실이지만 남편 구일강은 화운룡이 이 집에 온 이후 두 번이나 안풍현에 쌀을 사러 갔었으며 이번이 세 번째다.

한번에 쌀을 많이 사 오면 될 것을 어째서 조금 사 와가지고 자주 가느냐고 말할 수도 있겠지만, 이들 가족은 근본적으로 쌀을 많이 살 돈이 없다.

그래서 부지런히 물고기를 잡아서 말리고 깊은 산속에 들어가 약초를 캐두었다가 그걸 지고 안풍현에 가서 팔아 쌀을 사 오는 것이다.

이들 가족이 얼마나 지극정성으로 자신을 대하고 있는지 잘 알고 있는 화운룡은 쌀을 사기 위해서 집을 떠나는 구일강에게 조심해서 잘 다녀오라고 말하는 아내 하정의 목소리를 들으면서 가슴이 축축하게 젖었다.

날이 저물었는데도 구일강은 아직 돌아오지 않았다.

이른 아침에 떠났다고 해도 당일에 돌아오지 못할 정도로 안풍현은 먼 길이다.

이곳 심천촌에서 안풍현까지는 칠십여 리 험준한 산길인 데다 왕복 백사십여 리 길이기에 구일강 같은 장정이 부지런히 걷는다고 해도 사흘은 족히 걸린다.

그 먼 길을 두어 달치 먹을 쌀을 사기 위해서 말린 물고기와 약초 더미를 메고 몇 개의 산과 골짜기를 넘어서 갔다가 만신창이가 되어 돌아오는 것이다.

화운룡은 아까 하정이 남편 구일강에게 속삭이듯이 하는 말을 들었다.

며칠 전에 진작 다녀왔으면 좋을 것을 쌀이 똑 떨어지고 난 다음에 가니까 구일강이 돌아올 때까지 노모와 화운룡에게 쌀죽과 미음을 주지 못해서 굶기게 됐다는 것이다.

"죄송해서 어쩌면 좋아요."

하정이 눈을 감고 있는 화운룡 옆에 다소곳이 서서 우는소리를 했다.

화운룡은 그녀가 왜 이러는지 안다. 노모에겐 옥수수를 푹 삶은 옥수수죽을 주었는데 화운룡은 그걸 먹지 못하니까 죄송하다는 것이다.

노모는 제 손으로 떠먹을 정도여서 옥수수죽을 씹거나 삼킬 수 있지만 화운룡은 눈만 간신히 뜨는 상태라서 아직 죽조차도 삼키지 못한다.

그래서 쌀로 미음을 만들어서 물처럼 입속으로 흘려 넣어줘야 하는 것이다.

하정이 조심스럽게 말했다.

"저… 옥수수 삶은 물이라도 조금 드셔보세요."

미음이나 옥수수죽하고는 달리 옥수수를 단지 삶아낸 물은 맹물이나 다름이 없다.

그거라도 화운룡에게 먹이고 싶은 하정의 마음이 얼마나 순박한지 더 이상 설명이 필요 없다.

하정은 옥수수 삶은 물을 갖고 왔다. 화운룡을 굶기는 것이 너무도 죄스러웠기 때문이다.

그녀는 지난 반년 동안 늘 그랬듯이 침상에 앉아서 화운룡의 상체를 조심스럽게 일으켜 비스듬히 안았는데 퍽이나 자연스러운 자세다.

화운룡이 물조차도 삼키지 못해서 누운 채 먹이면 기도가 막혀 질식하기 때문에 이래야만 한다.

화운룡은 반년 동안 미음만 먹었기에 몸이 많이 야위었지만 그래도 하정처럼 아담하고 가녀린 체구의 여자가 안기에는 버거운 체구다.

그런데도 하정은 아주 능숙하게 그를 가슴에 기대듯이 안고 왼손으로 입을 살짝 벌리게 하고는 오른손의 나무로 만든 숟가락으로 옥수수 삶은 물을 떠서 그의 입에 아주 조금씩 흘려 넣어주었다.

몇 숟가락 먹이고 나서 하정은 배시시 미소를 지으며 속삭이듯이 말했다.

"잘 드시는군요. 고마워요."

옥수수 삶은 물 한 그릇을 다 먹인 후에 하정은 조심스럽게 화운룡을 다시 눕히고는, 수건으로 입 주변을 깨끗이 닦아주고 흘러내린 머리카락도 가지런히 해주었다.

하정이 방을 나간 후에 화운룡은 천천히 눈을 떴다.

뭐라고 표현하기 어려운 복잡한 감정이 그의 폐부 깊숙한 곳에서 용솟음쳤다.

그 여러 복잡한 감정들을 정리하여 하나로 뭉뚱그리면 감동이라고 할 수 있다.

화운룡은 팔십사 년을 살았지만 이곳에서 정신이 들고서 보낸 지난 한 달 동안 가슴이 저리도록 느꼈던 감동 같은 것은 한 번도 느껴본 적이 없었다.

화운룡은 다시 눈을 감고서 마음속으로 조용히 되뇌었다.

'이 은혜는 꼭 갚겠소.'

투… 투우… 툭… 툭…….

오늘 하루만 이미 오십여 차례의 운공조식을 줄기차게 하고 있는 화운룡의 체내에서 갑자기 작은 변화가 일어났다.

그것은 마치 체내의 꽉 막혀 있는 가느다란 실핏줄이 터지는 것 같은 변화다.

태자천심운이 생성한 오 년 남짓 공력이 밑거름이 되고, 거기에 며칠 동안 줄기차게 수백 번의 운공조식을 병행한 덕분에 작은 기적이 일어나고 있는 것이다.

실핏줄처럼 터지고 있는 것이 공력의 최소 단위인 미소단전이 열리는 신호라는 사실을 화운룡은 직감했다.

미소단전이나 소단전, 중단전이라고 하는 것들은 오래전에 화운룡이 간파하여 분류하고 정리한 공력에 대한 공부인데 이후 무림에서 정설로 통하게 되었다.

그런데 기이하게도 기해혈 즉, 단전의 미소단전이 아니다. 팔과 다리 몸통의 끝부분에서 실핏줄이 터지고 있다.

인체에는 임맥과 독맥을 비롯한 기경팔맥과 십이경맥이 주된 혈맥을 이루고 있으며, 거기에서 뻗어나간 미세한 가지가 삼백육십오 줄기의 손락(孫絡)이다.

손락은 인체의 중요 혈맥과는 달리 몸 구석구석까지 뻗어 있으므로 운공조식에서는 그다지 중요하지 않다고 할 수 있다.

그런데 바로 그 중요하지 않은 손락의 가장 끄트머리에서 미소단전이 열리고 있는 것이다.

아니, 어쩌면 원래 그곳에는 미소단전이라는 것이 없었으며 깨어나거나 열리는 것이 아닐 가능성이 크다.

태자천심운과 줄기차게 실행한 운공조식 덕분에 손락 어딘가에 미소단전 몇 개가 새로 생성되고 있는 것 같았다. 기해혈 기해단전에 어떤 이상이 발생했기에 몸이 돌파구를 찾아낸 것이다.

며칠 전에 흐르던 태자천심운이 생성한 공력은 어디 적당한 거처가 없는 탓에 이리저리 떠돌면서 그와 같은 졸졸졸 소리를 냈던 것이기도 했다.

그런데 그 후에 화운룡이 수백 차례 운공조식을 하면서 태자천심운과 화합하여 공력을 생성시켰는데 마땅히 갈 곳이 없는 공력을 가둘 만한 장소로 손락을 택한 모양이다.

어쨌든 잠시의 시간이 흐른 후에 화운룡은 도합 여섯 개의 미소단전이 손락에 새로 생성됐다는 사실을 확인했다.

태자천심운이 생성한 오 년 공력이 다섯 개, 이후의 운공조식으로 얻은 일 년 공력이 하나. 그렇게 여섯 개 공력의 작은 방인 미소단전을 만들었다.

미소단전 하나는 일 년 공력이니까 현재 그는 육 년 공력이 새로 생성된 셈이다.

그리고 하나의 매우 기쁜 소식이 있다.

미소단전이 생긴 부위가 천만다행으로 얼굴 아랫부분 턱과 입술 끝 두 군데이고, 오른손 손가락끝과 손목, 왼발 종아리, 발뒤꿈치다.

즉, 그 부위에 감각이 되살아났다는 뜻이다.

화운룡은 일단 왼쪽 턱과 오른쪽 입술 끝 두 군데 미소단전의 이 년 공력을 집중적으로 운공조식하여 활성화시키려고 노력했다.

그가 육십사 년 전에 최초로 무공에 입문하여 몇 달이 지나 처음으로 공력이 생성됐을 때를 제외하곤 겨우 육 년 공력으로 운공조식을 해보긴 처음이다.

그는 연속으로 운공조식을 하면서 다른 네 군데 미소단전의 사 년 공력을 끌어와 오른쪽 입술 끝과 왼쪽 턱 주위를 집중적으로 활성화시키는 데 주력했다.

무엇보다도 우선 말부터 터지는 것이 중요하기 때문이다.

第九章
팔년 공력

구일강이 운풍현으로 떠난 지 이틀째, 당연히 그는 아직 돌아오지 않았다.

하정이 잠자기 전에 한번 더 화운룡에게 옥수수 삶은 물을 먹였다.

쌀로 쑨 미음하고는 달리 옥수수 삶은 물은 아무리 먹어도 영양가라고는 거의 없다.

그래도 화운룡에게 씹을 것을 줄 수는 없기에 하정은 눈물을 삼키면서 애써 웃는 얼굴로 옥수수 삶은 물을 정성스럽게 떠먹였다.

옥수수 삶은 물을 다 먹인 하정은 시체나 다름이 없는 화운룡을 조심스럽게 눕혔다.

"주무세요, 무사님."

화운룡은 부단한 노력으로 입술과 혀의 마비를 풀어서 이제는 말을 할 수 있게 되었다.

아무도 없을 때 혼자 중얼거리면서 연습을 해봤었다. 처음에는 말을 갓 배운 사람처럼 더듬거렸지만 오래지 않아 느리면서 또렷하게 말을 하게 되었다.

화운룡이 돌아서는 하정에게 말했다.

"고맙소."

"아앗!"

하정이 소스라치게 놀라서 돌아섰다. 흐릿한 호롱 불빛에 비춘 그녀의 얼굴이 경악으로 잔뜩 물들었다.

조금 전 옥수수 삶은 물을 먹일 때만 해도 눈을 감고 있었던 화운룡이 지금은 눈을 뜨고 그녀를 바라보고 있다.

하정은 침상으로 다가와 조심스럽게 말했다.

"방금 무사님께서 말씀하신 건가요?"

"그렇소."

"아아……."

하정은 두 손을 가슴에 얹고 얼굴 가득 기쁜 표정을 짓더니 곧 주르르 눈물을 흘렸다.

"너무 기뻐요……."

시체나 다름이 없던 화운룡이 다섯 달 만에 깨어나 눈을 뜨더니 이제는 말까지 하게 되었다는 사실에 하정은 감격하여 눈물을 그치지 못했다.

하정이 진심으로 기뻐하는 모습을 보면서 화운룡이 가슴이 뭉클했다.

그러나 그는 여러 말로 설레발을 피우면서 고마움을 표시하지 않고 대신 다른 것을 물어보았다.

"내가 지금 옷을 입고 있소?"

온몸의 감각이 없으므로 그는 자신의 몸에 이불이 덮인 것은 알겠는데 옷을 입고 있는지 벗었는지 알 수가 없다.

하정이 얼굴을 붉혔다.

"위에만 입고 계세요."

아랫도리는 벗고 있다는 뜻이어서 화운룡은 절로 얼굴이 뜨거워졌다.

"그것은… 무사님께서 용변을……."

"됐소."

화운룡이 말을 잘랐다. 그녀의 말을 더 들으면 얼굴만 더 뜨거워질 것이다.

"내가 입고 있는 것이 내 옷이오?"

"아니에요. 제 남편 옷이에요."

"내 옷은 어디에 있소?"

"빨아서 개두었어요."

"갖다주겠소?"

하정은 급히 나갔다가 원래 화운룡이 입고 있던 흑의경장 한 벌을 두 손으로 받쳐서 갖고 들어왔다.

그런데 옷 위에 푸른색의 비단 주머니 하나가 놓여 있다.

하정은 옷을 조심스럽게 화운룡의 가슴에 내려놓았다.

"비단 주머니를 열어보았소?"

"열어보지 않았어요."

"왜 열어보지 않았소?"

하정은 어리둥절한 표정을 지었다.

"저희 것이 아닌데 어찌 함부로 열어보겠어요?"

그녀의 말이 옳다. 하지만 절대다수의 사람들이 똑같은 경우에 처하면 비단 주머니를 열어봤을 것이다.

화운룡은 하정의 말을 믿었다. 그녀는 열어보고서 열어보지 않았다고 말할 사람이 아니다.

"열어보시오."

화운룡이 말했는데도 하정은 머뭇거렸다. 아마도 그녀는 이날까지 한 번도 남의 물건에 손대본 적이 없었을 것이다.

"괜찮소. 열어보시오."

화운룡이 말을 해서야 그녀는 두 손으로 조심스럽게 비단 주머니를 열었다.

"아……."

비단 주머니 안에는 금화와 은전이 수북하게 들어 있을 테니까 그것을 본 하정이 소스라치게 놀라는 것은 당연한 일이다. 모르긴 해도 그녀는 이렇게 많은 금과 은을 난생처음 보는 것일 게다.

사실 그녀는 이날까지 살면서 은전조차도 구경해 본 적이 없었다. 그녀의 집에서 쌀을 사기 위하여 소중하게 보관하는 것은 구리 돈이고 그것도 백 냥을 넘어본 적이 없었다.

비단 주머니는 평소에 화운룡이 품속에 지니고 다니던 것으로 금화 이십 냥과 은전 삼십 냥 정도가 들어 있다. 그가 돈을 직접 쓸 일은 없지만 만약을 위해서 언제나 명림이 그렇게 챙겨준다.

하정은 화운룡을 보며 놀란 얼굴로 물었다.

"이것은 돈인가요?"

"그렇소. 금화와 은전이오."

"네……."

사실 하정은 금화와 은전의 가치를 모른다.

"그걸 그대가 가지시오."

"……."

하정은 화운룡의 말을 이해하지 못하고 눈을 깜빡거리며

그를 바라보았다.

“왜 이렇게 큰돈을 제게 주시는 거죠?”

“내게 베푼 은혜에 대한 작은 보답이오.”

하정은 비단 주머니를 닫아서 화운룡 가슴에 내려놓고 나서 고개를 도리도리 저었다.

“받을 수 없어요.”

“받아도 되오.”

하정은 수줍지만 똑 부러지게 말했다.

“저희는 이런 것을 바라고 무사님을 도운 것이 아니에요.”

화운룡은 어떻게 이 순박하고 선하며 또 고집스러운 여인을 설득시켜야 할지 방법이 생각나지 않았다. 예전에 이런 신선한 경험을 해본 적이 없기 때문이다.

하정은 비단 주머니와 흑의경장을 화운룡 머리맡에 잘 두었다.

“이건 여기에 놔둘게요.”

팔십사 년을 살면서 수많은 사람들을 만나고 온갖 경험을 쌓은 화운룡이지만 첩첩 산골의 한낱 시골 아낙 한 명에게 항복하고 말았다.

화운룡은 동이 트기도 전에 잠에서 깨자마자 운공조식을 시작했다.

사실 그는 어제 하루 온종일 운공조식을 해서 오른손과 왼발의 마비를 어느 정도 푸는 데 성공했다.

그렇지만 오른손 손가락에서 손목까지와 왼발 발가락에서 종아리까지만 풀었으므로, 그것만으로는 아직 움직이지 못하기에 좀 더 운공조식을 해서 최소한 두 다리와 두 팔 정도라도 마비를 풀려고 한다.

어제 쉬지 않고 운공조식을 한 덕분에 공력이 일 년 증진되어 칠 년 공력이 됐다.

얼마 전까지 지니고 있던 무려 사백삼십 년 공력에 비하면 칠 년 공력은 아무것도 아니지만 지금 화운룡에겐 목숨만큼이나 소중하다.

화운룡이 다섯 차례 연이어서 운공조식을 끝냈을 때 하정이 일어났다.

화운룡은 운공조식을 멈추고 눈을 감았다. 하정이 이른 아침에 일어나면 제일 먼저 하는 일이 화운룡이 용변을 봤는지 확인하는 것이기 때문이다.

"좀 볼게요."

하정이 속삭이듯이 말하고는 이불을 걷었다. 화운룡이 깊이 혼절해 있을 때에도 하정은 늘 그런 식으로 말하며 먼저 양해를 구했었다.

화운룡은 눈을 감고 가만히 있었다. 그는 아직 하체에 감각이 없기 때문에 자신이 용변을 봤는지 알지 못한다.

하정이 화운룡 하체에 두텁게 깔아둔 천을 둘둘 말아서 치우고 새 천을 다시 깔아주었다.

냄새가 나지 않는 것으로 보아 소변만 본 모양인데 다행한 일이다.

하정이 이불을 덮어주고 나간 후에 화운룡은 다시 운공조식을 시작했다.

오늘은 구일강이 안풍현으로 떠난 지 사흘째이기에 그가 돌아오는 날이다.

"으으……."

줄기차게 운공조식을 하던 화운룡이 나직한 신음 소리를 냈다.

그는 이틀 동안 자는 시간만 빼고 계속 운공조식을 한 덕분에 기대 이상의 성과를 거두었다.

두 다리와 두 팔에 이어서 내친김에 허리까지 마비를 풀었다.

자신의 다리로 걸어 다니려면 다리만 갖고는 어림도 없다. 허리가 힘을 받쳐줘야만 한다.

두 다리와 두 팔만 움직일 수 있다면 엉금엉금 기어 다닐

수 있을 뿐이다.

그래서 화운룡은 허리의 마비를 풀고 척추를 따라서 좀 더 위쪽을 풀려고 시도하다가 느닷없이 가슴에 극심한 통증을 느끼고 신음을 흘린 것이다.

"으윽… 가슴이었구나……."

그는 즉시 운공조식을 멈추고 고통 때문에 비지땀을 흘리며 중얼거렸다.

그는 자신이 매우 위중한 내상을 입었기 때문에 온몸이 마비된 것이라고 생각했었는데 이제 보니까 그 부위가 가슴이었던 것이다.

가슴일 것이라고 짐작은 했었는데 이제 그것이 사실로 드러나게 되었다.

일단 허리까지만 마비가 풀렸으니 걷거나 움직이는 것은 어떻게든 될 것 같았다.

가슴 부위의 마비는 확실한 방법을 강구해 놓은 후에 푸는 것이 좋을 듯했다.

하정과 아들 현악이 밭일을 하러 나가 있는 동안 화운룡은 걷기를 시도해 보기로 했다.

그는 마비가 풀린 두 손으로 침상을 짚고 천천히 상체를 일으켰다.

그러나 두 팔에 힘을 주는 순간 가슴이 짓이겨지는 듯한 고통이 엄습했다.

"으으……."

너무 고통스러워서 그는 상체를 일으키는 것을 포기하고 다시 누워서 숨을 헐떡거렸다.

그렇게 일각 이상 누워 있다가 고통이 가라앉자 그는 천천히 몸을 뒤집어서 엎드린 자세를 취했다.

누운자세로 침상에서 내려오는 것은 필요 이상으로 가슴 부위에 힘이 들어가기 때문에 엎드렸다가 두 다리를 침상 아래로 늘어뜨려서 내려오려는 것이다.

퉁…….

두 발을 침상 아래 바닥에 내려놓은 그는 두 팔꿈치로 침상을 짚고서 천천히 몸을 일으켰다.

"끄응……."

이번에도 가슴 부위에 힘이 가해져서 통증이 엄습했지만 조금 전에 비해 절반 정도라서 이를 악물고 견뎠다.

침상에서 내려와 두 발로 바닥을 딛고 서는 데 사분각 정도 시간이 소요됐다.

그리고 하정이 침상 머리맡에 놔둔 흑의경장의 하의를 입는 데 또다시 사분각이 걸렸다.

하정이 점심 식사를 준비하러 집에 왔을 때까지도 화운룡은 방 안에서 걷는 연습을 하고 있었다.

화운룡은 하정이 온 줄도 모르는 채 한 걸음 한 걸음 비지땀을 흘리면서 방 안을 오락가락하며 걸었다.

"아아……."

방에 들어서다가 그 광경을 본 하정은 경악해서 벌린 입을 다물지 못했다.

그런데 하정은 화운룡이 너무 땀을 많이 흘린 나머지 옷이 흠뻑 젖고 바닥에 물이 흥건한 것을 발견하고는 급히 그에게 다가가서 그를 부축했다.

"무사님, 이제 그만하세요."

"ㅎㅇㅇ……."

화운룡은 풀린 눈으로 하정을 쳐다보았다.

"나는 괜찮소."

"이러다가 큰일 나겠어요. 좀 쉬도록 하세요."

원래 무림인들의 수련 과정을 일반인들이 보면 질려서 넌더리를 낼 정도로 혹독하다.

더구나 예전의 화운룡은 같은 무림인들이 봐도 고개를 내저을 만큼 한계를 넘어서는 수련을 했었다.

그런 수준으로 봤을 때 화운룡의 걸음 연습은 이제 절반쯤이었다. 땀을 많이 흘리고 지치기는 했지만 현재의 체력으로 미루어 아직 충분히 견딜 수 있다.

하지만 화운룡은 고집부리지 않고 하정의 부축을 받아 침상에 누웠다. 그녀를 걱정시키고 싶지 않은 것이다.

"걸으시다니 정말 대단해요."

하정은 수건으로 화운룡 얼굴의 땀을 닦아주면서 감탄했다.

며칠 전까지만 해도 침상에 누워서 꼼짝도 못 하고 눈만 겨우 뜨고 있던 사람이 이제는 버젓이 방 안을 걷고 있으니 놀랄 만도 하다.

"드신 것도 없으신데 무슨 힘이 있으시다고……."

하정이 안쓰러운 표정을 짓자 화운룡이 조용히 말했다.

"나는 이제 씹을 수 있으니까 그대들이 먹는 것을 주시오."

"그래도 될까요?"

하정은 기쁘면서도 미심쩍은 표정을 지었다.

"시도해 보고 먹지 못하면 그대 말에 따르겠소."

화운룡은 충분히 감자나 옥수수를 먹을 수 있지만 이 역시도 고집을 부리지 않았다.

그는 이곳에서만큼은 철저하게 이들의 관습이나 수준에 맞추려고 애썼다.

그는 자신이 매우 특별한 존재라는 사실을 이들에게 일부러 각인시켜 주고 싶지 않았다.

* * *

화운룡이 말했던 대로 그는 감자와 옥수수, 그리고 물고기 요리까지 매우 잘 먹었다.

음식은 형편없지만 하정이 정성껏 마련했고 또 솜씨가 매우 좋아서 화운룡은 색다른 맛을 느꼈다.

그뿐만이 아니라 이 집 아들 현악에게 측간이 어디냐고 물어 제 발로 측간에 가서 용변을 보기도 했다.

그는 자신이 지난 반년하고도 열흘 동안 누워서 지냈던 집도 처음으로 보았다.

그것은 집이라기보다는 움막에 가까웠다. 강에서 십오 장 정도 떨어진 야트막한 언덕 위 산기슭에 위치해 있으며, 그다지 굵지 않은 나무로 얼기설기 벽을 만들고 거기에 진흙을 발라서 말린 간신히 바람이나 피하면 다행일 정도의 다 쓰러져 가는 집이다.

화운룡은 강가로 내려가 보았다.

강가는 자갈이 깔려 있으며 강폭은 이십여 장쯤 되는데 물결이 잔잔하고 물이 아주 맑았으며 강가에 조잡하고 작은 배 한 척이 묶여 있었다.

구일강이 고기잡이할 때 사용하는 배인 것 같은데 배라기보다는 거의 멧목에 가까웠다.

화운룡은 아직 익숙하지 않은 걸음으로 조금 절뚝거리면서 천천히 강가를 걸으며 생각에 잠겼다.

골똘히 깊은 생각에 잠겼던 그는 반시진쯤 지나서 하나의 결론을 내렸다.

일단 거동이 자유로워질 때까지 이곳에서 지내자는 것이다.

지금 이런 몸으로 바깥세상에 나가서 옥봉과 가족, 측근, 비룡은월문이 어떻게 됐는지 알아봐야 분노만 더 들끓을 뿐이지 아무런 소용이 없다.

지금 그의 무공은 무림에서 삼류, 아니, 하오배만도 못한 수준이라서 바깥세상에 나간다면 제 한 몸조차 지키기 어렵다.

그러므로 무조건 이곳에서 지내며 내상을 치료하고 원래의 공력을 되찾은 후에 나가야 한다.

인내심을 갖고 몇 달이 되든 몇 년이 되든 완벽한 몸을 만드는 데 전력을 기울여야 할 것이다.

그날 늦은 밤까지도 구일강은 돌아오지 않았다.

하정과 아들 현악, 그리고 노모의 걱정이 태산 같았지만 깊은 한숨만 내쉬면서 하염없이 기다릴 뿐 그들이 할 수 있는 일은 아무것도 없다.

하정의 말에 의하면 남편 구일강이 안풍현까지 다녀오는 일은 아무리 늦어도 사흘을 넘기지 않았었다고 한다.

만약 내일 아침까지 기다려서도 남편이 돌아오지 않는다면 필시 산적에게 화를 당한 것이 틀림없다며 하정은 눈물을 글썽거렸다.

"산적이 있소?"

"봉화산(鳳化山) 산적인데 몹시 잔인하답니다."

안풍현 동남쪽으로는 줄곧 산악지대이며 봉화산과 운몽산(雲夢山)으로 이어진다는 것은 아는데 이곳에 산적이 있다는 말은 금시초문이다.

하긴 산이 있으면 그곳이 어디든 산적과 화적이 있고 물이 있으면 수적이 출몰하게 마련이니 이상한 일이 아니다.

더구나 화운룡 같은 인물이 봉화산과 운몽산의 산적 나부랭이에 대해서 알아야 할 필요가 없었다.

한밤중에 화운룡은 무황검을 쥐고 강가로 갔다.

구일강이 그물로 화운룡을 건졌을 때 그는 오른손에 한 자루 검을 꼭 쥐고 있었다는데 천여황과 싸울 때 파천을 전개했던 무황검이다.

그런데 무황검은 절반이 부러져 있었다.

원래 무황검은 장하문이 화운룡에게 주었던 것이다.

무황검 전의 이름은 용명검(龍鳴劍)이었으며 화운룡이 검파를 잡으면 우웅… 하고 용음을 내서이다.

무황검이 일반적인 검보다 무게가 절반밖에 되지 않는 이유는 검신이 얇기 때문이다.

그렇다고 허리에 두르는 연검(軟劍)처럼 얇은 것은 아니다.

설산(雪山)의 무령한철(武靈寒鐵)로 백련정강하여 만들어진 이 검은 금석을 무처럼 베고 수화불침의 능력을 지녔다.

그런데 그 무황검이 절반으로 부러진 것이다. 그로 미루어 천여황의 강기가 얼마나 막강한지 짐작할 수가 있다.

부러진 무황검의 단면은 비스듬히 뾰족하게 잘라져서 처음부터 한 자 반 길이의 짧은 검이었다고 해도 믿을 것 같았다.

역시 무령한철로 얇게 두드려서 제작한 무황검의 검실은 화운룡이 등에 단단히 묶고 있었기 때문에 혼절한 그를 발견했을 때 검실도 등에 메고 있었다고 한다.

그는 강가 자갈밭의 적당한 장소에 멈춰서 오른손에 무황검을 쥐고 두 발을 약간 넓게 벌려 자세를 취하며 공력을 끌어올렸다.

이어서 청룡전광검 일초식 청비(青飛)를 전개했다.

휘익… 스슥… 휙!

원래 그는 일초식 청비 십팔변을 한 차례 전개하는 데 천천히 해도 세 호흡이면 충분했다.

그런데 지금은 십팔변 중에 제일변을 전개하는 데만 다섯 호흡이나 걸렸다.

"헉헉헉……."

뿐만 아니라 숨이 턱까지 차고 심장이 마구 쿵쾅거렸으며 허파가 터질 듯이 부풀었다.

"헉헉헉… 이건 안 되겠다……."

그는 만약 구일강이 무슨 나쁜 일을 당했을 경우에 자신이 나서야만 할 테니 산적들을 상대하기 위해서 미리 현재 실력을 가늠해 보고 있는 중이다.

구일강이 산적들에게 변을 당했거나 납치됐다면 화운룡으로서는 절대로 가만히 있을 수가 없다.

지금 내 몸이 이 지경이고 몸이 말을 듣지 않으니까 가만히 있는 것은 그로서는 있을 수도 없는 일이다. 그러는 것은 그의 강직한 성격이 용납하지 못한다.

그런데 청룡전광검 일초식 청비는 도저히 안 되겠다. 일초식 제일변을 전개하는 데 다섯 호흡이나 걸린다면 내 목숨조차도 부지하기 어렵다.

청비 일초식 제일변으로 최초에 산적 한두 명은 죽일 수 있겠지만, 그러고 난 후 극도로 지쳐서 헐떡거리다가 산적들에게 난도질당하고 말 것이다.

그는 잠시 호흡을 가다듬으면서 어떤 검법이 좋을지 궁리를 해보았다.

하찮은 산적들을 상대하는 것이므로 청룡전광검 같은 공전절후의 절세검법까진 필요가 없다. 산적들을 따끔하게 혼내줄 정도면 된다.

문득 화운룡은 적당한 검법 하나를 떠올렸다.

'단천검법이 좋겠군.'

미래에 그는 보진의 사저인 보현에게 단천검법을 가르쳤으며 과거로 돌아와서는 전중과 벽상에게도 가르쳤었다.

단천검법은 화려하거나 복잡한 변화와 절차 같은 것 없이 그저 상대의 허점을 찾아내서 그곳에 검을 찔러 넣기만 하면 되는 간단한 검법이다.

그렇다고 개나 소나 연마하고 전개할 수 있는 검법이라는 뜻은 아니다.

단천검법의 핵심은 상대의 허점을 찾아내고 그곳에 검을 찌르는 것인데 그게 말처럼 쉽지 않다.

그러나 현재의 화운룡은 공력이 없을 뿐이지 다른 것들은 십절무황 그대로이므로 단천검법이 제격이다.

"후우우……."

칠 년 공력으로 반시진이나 단천검법을 연마했더니 화운룡은 오른팔이 떨어져 나갈 것만 같고 금방이라도 주저앉을 것처럼 두 다리가 부들부들 떨렸다.

그는 부러진 무황검을 어깨의 검실에 꽂고 비틀거리면서 몸을 돌려 집으로 향했다.

검법 연마를 하느라 모르고 있었는데 벌써 시간이 많이 지나서 얼마 안 있으면 동이 틀 것 같았다.

집 앞까지 왔을 때 화운룡은 그곳에 오도카니 서 있는 하정을 발견했다.

"왜 나와 있는 것이오?"

"무사님이 오시지 않아서요."

하정의 말에 화운룡은 자신이 이들과 한 가족이 된 것 같다는 생각이 들었다.

하정은 화운룡이 어깨에 검을 메고 있는 것을 보고 제 나름의 추측을 했다.

"무사님, 혹시……."

화운룡은 고개를 끄떡였다.

"내일 아침까지 기다려도 남편이 오지 않으면 내가 찾으러 가겠소."

하정은 크게 놀랐다.

"아직 몸도 성치 않으신데……."

그녀는 고개를 세차게 저었다.

"게다가 봉화 산중에는 무서운 봉화적당(鳳化賊黨)이 있어요. 그들에게 걸리면 살아남지 못해요."

"만약 남편이 돌아오지 않는다면 봉화적당에게 해를 당했을 가능성이 큰 것이오?"

"……"

하정은 복잡한 표정을 지을 뿐 대답하지 않았다.

예전 같으면 화운룡은 매사 분명하기 위해서 하정의 대답을 꼭 들으려고 했겠지만 지금은 그러지 않았다. 그녀의 표정이 이미 그렇다고 대답을 했기 때문이다.

하정은 화운룡이 밤중에 검을 메고 나갔다가 돌아온 이유가 무엇인지 짐작했다.

남편이 산적들에게 해를 당했다는 결론이 나면 그를 구하거나 복수를 하러 가려는 것이다.

"그대는 내게 안풍현으로 가는 길을 알려주시오."

하정은 화운룡을 보고는 그의 결정이 확고하다는 것을 알게 되었다.

"제가 안내하겠어요."

화운룡은 고개를 끄떡였다.

"그러시오."

화운룡은 동이 틀 때까지 한숨도 자지 않고 계속 운공조식을 했다.

운공조식을 하는 것이 잠을 자는 것보다 더 심신에 좋았으며 그로 인해서 가슴을 제외한 몸 전체의 마비를 풀 수가 있게 되었다.

뿐만 아니라 태자천심운과 운공조식을 병행한 결과 공력이 일 년 증진되어 팔 년이 되었다.

한숨도 자지 않기는 하정도 마찬가지다. 그녀는 침상 아래 바닥에 앉아서 운공조식을 하는 화운룡을 복잡한 표정으로 물끄러미 바라보기만 했다.

화운룡이 가부좌로 앉아서 무엇을 하고 있는 것인지는 모르겠지만 저러는 것이 산적들을 상대하기 위한 준비일 것이라고 막연히 짐작했다.

아침이 돼서도 구일강이 돌아오지 않았으므로 화운룡과 하정은 약속한 대로 함께 길을 떠났다.

하정은 아들 현악에게 만약 자신이 돌아오지 않으면 옆 마을에 사는 숙부를 찾아가라고 일러주었다.

그녀는 남편이 없는 삶을 상상해 본 적이 없기에 죽을 각오까지 하고 있었다.

그래서 부모가 없을 경우 혼자 남을 아들과 시어머니를 옆 마을에 사는 구일강의 동생에게 맡기려는 최후의 방법까지도 서슴지 않았다.

하정은 몸이 성치 않은 화운룡이 험한 산길을 제대로 걸을 수 있을지 몹시 걱정했지만 정작 길을 떠나자 화운룡보다 그녀가 먼저 지쳤다.

화운룡은 예전부터 워낙 몸이 강건한 데다 마비가 거의 풀렸으며 지난 이틀 동안 하루 세 끼를 꼬박 챙겨 먹은 덕분에 체력이 많이 좋아져서 가파르고 꼬불꼬불한 산길을 그다지 힘들이지 않고 잘 걸었다.

그렇지만 아침에 출발하여 쉬지 않고 걸었는데도 두 사람이 산중에서 밤을 맞이했을 때에는 심천촌에서 채 삼십여 리밖에 가지 못했다.

산중에 밤이 찾아오자 코끝조차 보이지 않을 정도로 캄캄한 데다 날씨가 꽤 추워졌다.

"아아… 불을 피울까요?"

오솔길에서 오 장쯤 떨어진 어느 바위 옆 아늑한 곳에서 웅크리고 앉아 있는 하정이 오들오들 떨며 화운룡에게 의견을 물었다.

그녀는 화섭자를 미리 준비했으며 산중에는 마른 낙엽과 나뭇가지가 많아서 불을 피우는 일은 어렵지 않았다. 그녀는 당연히 불을 피워도 괜찮을 것이며 그래서 추위에 대해서는 염려하지 않았었다.

"불을 보고 산적들이 몰려올 수도 있소."

"아……."

화운룡의 말에 하정은 눈을 동그랗게 뜨고 놀라더니 그때부터는 불을 피우자는 말을 하지 않았다.

대신 그녀는 메고 있던 봇짐을 풀어 삶아 온 감자 몇 개를 꺼내 그중 하나를 공손히 화운룡에게 내미는데 추워서 팔이 덜덜 떨렸다.

"드세요."

그러고 보니까 두 사람은 심천촌 집을 떠난 이후 줄곧 걷기만 했을 뿐 아무것도 먹지 않았다.

요기를 한 후에 화운룡은 주위에서 풀과 낙엽을 모아 자신들이 있는 곳에 수북하게 깔았다.

"이걸로 견뎌봅시다."

화운룡은 하정을 풀과 낙엽 더미에 눕게 하고 그 위에 다시 낙엽과 풀을 덮어준 후 자신은 그 옆에 누웠다.

시월 중순의 산속은 매우 추워서 자칫하다가는 얼어 죽을 수도 있다.

"내게 안기시오."

"……."

"좀 나을 것이오."

"괜… 찮아요."

하정은 화운룡의 말대로 그의 품에 안기면 추위가 덜할 것이라고 생각했지만 그럴 수는 없는 일이다.

화운룡이 나쁜 마음을 품고 안기라고 말한 것이 아니라는 걸 누구보다 잘 알면서도 남녀유별은 누가 본다고 해서 지키고 보지 않는다고 안 지키는 게 아니라고 생각하기 때문이다.

잠을 청하려고 애썼지만 지독하게 추운 탓에 하정은 이를 마구 부딪치고 온몸이 와들와들 떨려서 도저히 잠이 오지 않았다.

그녀는 이러다가 오늘 밤을 넘기지 못하고 얼어서 죽을 것이라는 생각이 들었다.

"어흐흐흐……."

결국 그녀는 꿈틀거리면서 다가가 화운룡 옆에 웅크리면서 몸을 붙였다.

그러자 화운룡이 그녀에게 팔을 뻗었다.

그녀는 기다렸다는 듯이 그의 팔을 베고 손으로 그의 몸통을 꼭 안으면서 안겨 들었다.

화운룡은 팔을 오므려 그녀를 더 깊이 안고서 운공조식을 시작했다.

일각쯤 지나자 하정은 추위가 사라지는 것을 느끼고 떨기를 멈추었다.

화운룡의 몸이 매우 따뜻해진 덕분이다. 어째서 그의 몸이 이처럼 따뜻한지는 궁금하지 않았다. 그저 이제는 살았다는 생각에 더욱 그의 품속으로 파고들 뿐이다.

원래 운공조식을 하면 몸이 뜨거워지게 마련이다. 화운룡은 동이 틀 때까지 쉬지 않고 운공조식을 했다.

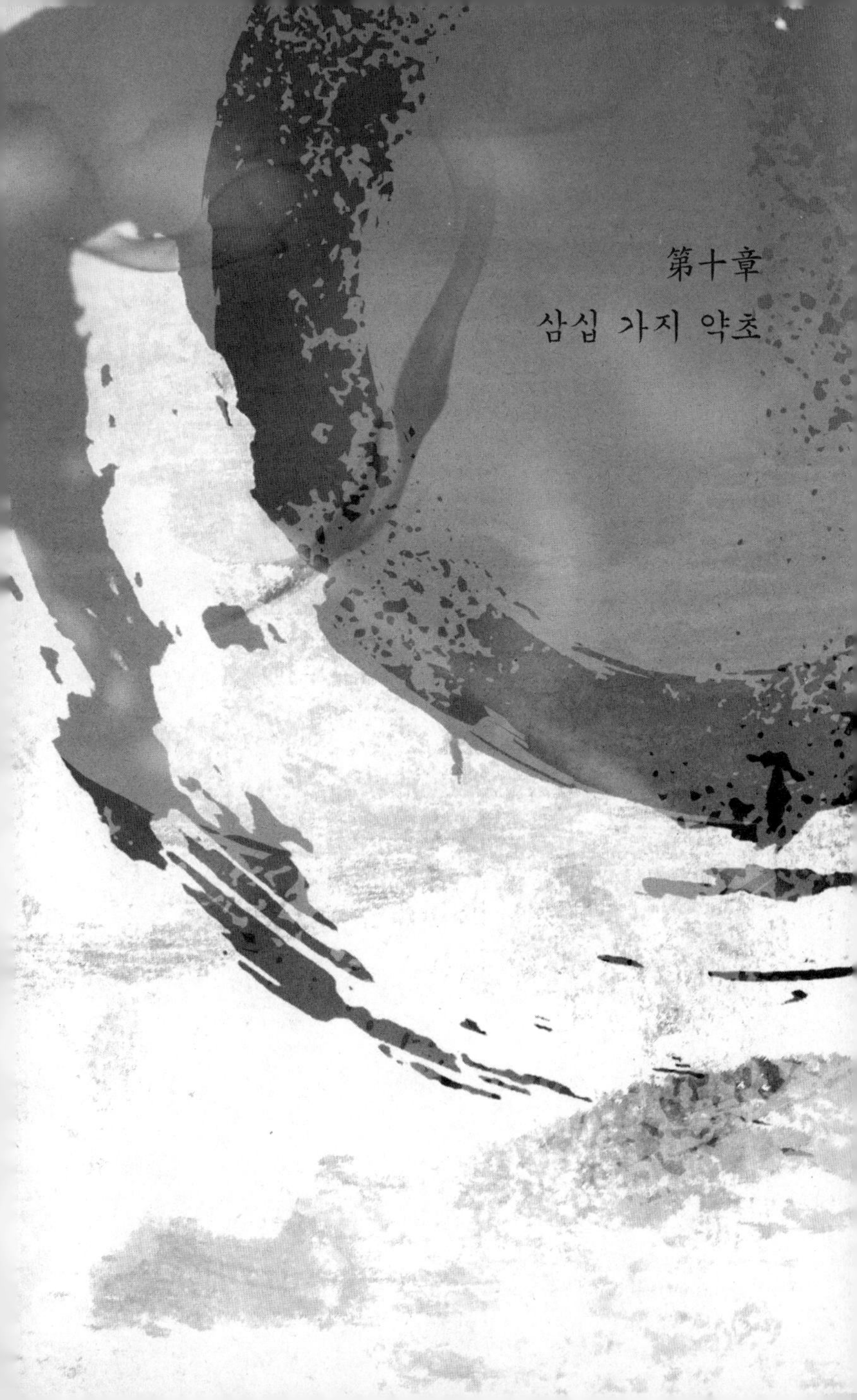

第十章

삼십 가지 약초

하정은 아침에 깨어나서 자신이 화운룡에게 찰거머리처럼 죽기 살기로 매달려 있다는 사실을 알게 되었다.

남편 구일강한테도 이렇게 찰떡같이 달라붙어 있어본 적이 없는 그녀다.

어젯밤에 그가 안기라고 말했을 때에는 괜찮다고 거절했는데 막상 추위 때문에 죽을 것 같으니까 그녀 스스로 그에게 안겼다는 사실이 몹시 부끄러웠다.

하지만 그보다는 정말 따뜻하게 잘 잤다는 안도감과 편안한 마음이 더 컸다.

"죄송해요."

하정이 기어들어 가는 목소리로 속삭이자 화운룡이 팔베개를 해준 손으로 그녀의 어깨를 부드럽게 쓰다듬었다.

"그대는 반년 동안 내 용변을 받아내고 날 닦아주었는데 그렇다면 나는 얼마나 부끄러워해야 하겠소?"

"……."

그의 말이 옳다. 거기에 비한다면 이것은 아무것도 아니다. 그녀가 남녀유별을 따졌다면 화운룡의 용변을 받아내고 은밀한 부위를 닦아주는 일은 절대로 하지 못했을 것이다.

부스럭…….

하정이 조심스럽게 몸을 일으키자 화운룡도 곧 따라 일어나서 앉았다.

"잘 잤소?"

"네……."

그 말 후 하정은 봇짐에서 차디찬 찐 감자를 꺼내 두 개를 화운룡에게 내밀었고 그가 먹는 것을 보고는 자신도 오물오물 먹기 시작했다.

다시 출발하기 전에 화운룡은 준비해 온 밧줄을 자신의 허리에 묶고 반 장 길이를 두고서 맞은편을 하정의 허리에 묶었다.

산적하고 싸움이 벌어지더라도 하정이 자신의 곁에서 멀리 떨어지지 않게 하려는 것이다.

화운룡의 뜻을 짐작한 하정은 고마운 눈빛으로 그윽하게 그를 바라보았다.

봉화산이나 운몽산 산중에 살고 있는 주민들이 용무를 보러 안풍현에 가고 올 때 산적들은 웬만해서는 그들을 건드리지 않는다.

산중 촌락의 주민들이 얼마나 찢어지게 가난한지 누구보다 잘 알고 있는 산적들이다.

주민들이 불쌍해서가 아니라 애써서 털어봐야 수고비도 나오지 않는다는 것을 잘 알고 있기 때문이다.

그런데도 안풍현을 오가는 주민들이 털렸다면 그것은 산적들도 끼니 걱정을 해야 하는 상황인 것이다.

그럴 때도 웬만하면 물건만 털고 주민을 살려주는 것이 산적들의 아량인데, 구일강이 돌아오지 않는 것을 보면 그가 물건을 뺏기지 않으려고 격렬하게 저항을 하다가 당했을지도 모른다는 추측을 할 수 있다.

화운룡이 메고 있는 무황검 검파에는 여러 개의 진귀한 보석들이 박혀 있고 용과 백호의 문양이 누월재운(鏤月裁雲)의 탁월한 솜씨로 새겨져 있어서 멀리에서도 눈에 잘 띈다.

화운룡은 산적들을 유인하기 위해서 멀리에서도 잘 보라고 무황검 검파를 위로 조금 더 뽑아 고정시켰다.

이것은 모험이다. 산적이나 화적은 될 수 있으면 무림인을 건드리지 않는다.

그렇지만 무림인이 한 명이고 목숨을 걸 만큼 진귀한 물건을 갖고 있는 경우라면 산적들은 자신들이 다수라는 점을 믿고 모험을 강행하기도 한다.

그리고 화운룡의 작전이 먹혀들었다.

딱…….

산길을 걸어가던 화운룡은 가까운 곳에서 나뭇가지 부러지는 소리를 들었다.

화운룡은 공력이 얕지만 오합지졸 산적들이 내는 기척 같은 것은 쉽게 감지할 수 있다.

산적들은 여기저기에서 별별 기척을 다 내면서도 여간해서 모습을 드러내지 않았다.

자신들이 한꺼번에 나타나서 상대의 기를 죽이기에 적당한 장소를 찾고 있을 것이다.

지금처럼 좁고 주위에 나무가 많은 곳을 화운룡과 하정이 나란히 가고 있을 때 산적들의 공격을 받으면 곤란할 텐데 외려 다행이다.

이런 장소가 소수를 공격하기에는 최적지라는 병법의 기초조차 산적들은 모르고 있는 것이다.

화운룡의 전면 십여 장 앞에 공터가 있으며 그곳에 여러 명의 산적이 모여 있는 것이 나무 사이로 보였다.

화운룡은 아직 산적의 출현을 모르고 있는 하정의 손을 잡고 뒤쪽으로 이끌어 그녀가 밧줄을 붙잡도록 했다.

그의 갑작스러운 행동에 하정은 바짝 긴장했다. 그녀는 아무것도 보지 못했지만 산적이 나타났음을 직감했다.

화운룡이 천천히 걸어서 공터로 들어서자 그곳에 있던 산적 여덟 명이 음침한 웃음소리를 냈다.

"흐흐흐… 이마빼기에 피도 마르지 않은 어린놈이로군."

"클클클… 계집이 반반하고 토실토실한 것이 날것으로 먹어도 비리지 않겠구나."

산적들은 화운룡이 무림인처럼 보이기 때문에 처음부터 기를 꺾으려고 되지도 않는 말들을 떠들어댔다.

화운룡은 공터 한가운데 멈춰서 천천히 산적들을 한 명씩 둘러보았다.

산적들은 화운룡이 겁먹기는커녕 태연자약하게 자신들을 둘러보는 것을 보더니 도리어 기가 죽었다.

한 명씩 둘러보기를 마친 화운룡은 정면의 범강장달이처럼 우락부락하게 생긴 사십 대 초반의 사내를 쳐다보았다.

"네가 우두머리냐?"

"어?"

범강장달이는 화운룡이 한 번 둘러보는 것만으로 우두머리를 단번에 골라내자 적잖이 놀랐다.

화운룡은 그의 대답을 듣지 않고 말했다.

"구일강이라는 사람을 아느냐?"

화운룡은 범강장달이의 표정이 가볍게 흔들리는 것을 보고 이들이 구일강을 알고 있다고 판단했다.

"그는 어디에 있느냐?"

그렇게 물으면서 화운룡은 천천히 범강장달이에게 다가갔다.

몇 마디 말로써 기선을 제압한 그는 걸어가면서 자연스럽게 무황검을 뽑았다.

스응…….

범강장달이는 자루를 강철로 만든 도끼를 오른손에 쥐고 있었는데 다가서는 화운룡을 보고는 반사적으로 도끼를 머리 위로 쳐들었다.

쉬잇!

순간 무황검이 득달같이 허공을 갈랐다.

칵!

화운룡을 향해 휘둘러지던 도끼의 자루가 무황검에 여지없이 뎅겅 잘라졌다.

도끼가 맥없이 툭 땅에 떨어지고 무황검이 찌를 듯이 범강장달이의 가슴을 겨누자 산적들이 경악했다.

화운룡은 사색이 된 범강장달이를 을렀다.

"죽고 싶으냐?"

"으음……."

범강장달이는 묵직한 신음을 흘렸다.

"구일강은 어디에 있느냐? 대답하지 않으면 목을 자르겠다."

화운룡의 말에 뒤에 서 있는 하정은 극도로 긴장했다.

범강장달이는 비지땀을 흘리면서 더듬거렸다.

"그놈은 산채에 있다."

슥—

"공손하게."

"흐윽……."

화운룡이 무황검을 조금 밀어 반 치 깊이로 가슴을 뚫고 들어가게 하자 범강장달이의 얼굴이 시커멓게 변하면서 신음을 흘렸다.

"으으… 그 사람은 산채에 있습니다……."

"살아 있느냐?"

"살… 아 있습니다……."

하정이 안도의 한숨을 내쉬는 소리가 들렸다.

"왜 죽이지 않았느냐?"

"산채에 사람이 없고 그 사람의 체격이 좋아서 동료로 만들려고 살려두었습니다."

화운룡은 무황검으로 그의 어깨를 툭 쳤다.

"가자. 안내해라."

그가 무황검을 거두자 산적들이 슬금슬금 주위로 모여들며 공격을 하려고 기회를 엿보았다.

화운룡은 태연하게 그들을 둘러보면서 말했다.

"어느 놈이든 먼저 죽고 싶으면 덤벼라. 아니면 한꺼번에 공격해도 좋다."

그가 호기롭게 말하자 산적들은 움찔하더니 겁먹은 얼굴로 감히 발작하지 못했다.

산적들은 화운룡이 무림인일 것이라고 확신했다. 그들은 자신들 같은 산적 백 명이 덤벼도 무림인의 옷자락조차 건드리지 못한다는 사실을 잘 알고 있었다.

화운룡은 좁은 산길에 산적들을 일렬로 앞세우고 산적들 맨 뒤에 범강장달이를, 그리고 자신은 그 뒤에 따라갔다.

산적들은 화운룡이 여차하면 범강장달이를 죽일 것이기에 함부로 날뛰지 못하고 줄레줄레 산길을 따라서 점점 높은 곳으로 올라갔다.

화운룡이 바로 앞의 범강장달이에게 물었다.

"네놈들이 봉화적당이냐?"

범강장달이가 뒷골이 당기는 표정으로 대답했다.

"그… 렇습니다."

하정은 봉화적당이 봉화산을 대표하는 잔인한 산적이라고 했으니, 그렇다면 이들 여덟 명이 전부가 아닐 것이며 산채에 가면 더 많은 산적들이 우글거릴 것이다.

화운룡은 걸어가면서 허리에 묶은 밧줄을 풀었다. 이어서 뒤돌아보면서 걸으며 하정에게 손짓으로 산길 옆 숲속을 가리켜 그곳에서 기다리고 있으라는 신호를 보냈다.

그는 봉화적당 산채에 가면 더 많은 산적들이 있을 테고 불가피하게 그들과 싸우게 될 경우를 예상했다.

하정은 고개를 끄떡이고는 간절한 표정으로 그를 바라보다가 급히 숲속으로 들어갔다.

그로부터 이각 후에 화운룡과 산적들은 봉화적당 산채에 도착했다.

봉화산 어느 계곡의 맑은 계류 중턱에 위치한 산채는 울타리가 없으며 계류 가장자리 넓은 초지에 십여 채의 튼튼한 통나무집들이 흩어져 있었다.

산채에 도착하자마자 앞선 산적 일곱 명이 우르르 뛰어서 달아났으며 화운룡 앞에서 가던 범강장달이만 멈칫거리면서 도망치지 못했다.

도망친 산적들이 이리저리 뛰어다니면서 소리를 질러댔다.

"침입자다! 모두 나와라!"

"와아악! 무림인이 쳐들어왔다!"

범강장달이가 화운룡을 힐끗 뒤돌아보더니 갑자기 냅다 도망쳤다.

화운룡은 굳이 뒤쫓아 가서 범강장달이를 잡거나 죽이지 않고 천천히 걸어 들어갔다.

어차피 한바탕 싸움이 벌어질 것이라고 예상했기 때문이다.

무림의 유수의 방파나 문파들하고는 달리 이런 산적은 다 죽일 필요가 없다.

가장 호전적인 놈들이 악다구니를 쓰면서 덤벼들 때 몇 놈만 죽이면 얘기가 끝난다.

염두에 둘 것은 죽일 때 가장 잔인한 방법으로 죽여야 한다는 것이다.

잠깐 사이에 봉화적당의 산적들이 모두 밖으로 쏟아져 나와 화운룡을 포위했다.

그가 재빨리 둘러보니까 약 삼십여 명인데 대부분 도끼나 낫, 철퇴 같은 것들을 지녔으며 개중에는 도신이 넓적한 대감도를 지닌 자도 더러 있었다.

아까 여덟 명을 이끈 우두머리였던 범강장달이는 이곳 봉화적당의 두령이 아닌 소두령쯤 되는 인물이었다.

화운룡은 도를 메고 있는 한 인물을 쳐다보았다. 그의 용모나 복장하고는 상관없이 그가 바로 두령이라고 확신했다.

이런 산적 산채에서는 아무나 도를 지니고 있지 않다. 도나 검은 제대로 무술을 할 줄 아는 자들이나 사용하는 무기이며 비싸다.

그래서 도는 지위를 상징하기도 하니, 지금 이곳에서 도를 지니고 있는 세 명은 두령이거나 그의 최측근일 것이다.

또한 침입자, 그것도 무림인인 화운룡이 쳐들어와서 산적들이 모두 무기를 뽑아 움켜쥐고 있는데 오직 한 명만 도를 뽑지 않고 있다.

그렇다면 그자가 바로 두령이다.

화운룡은 두령이라고 짐작한 자를 향해 똑바로 걸어갔다.

그자는 당당한 체구에 눈이 가늘게 찢어져서 매우 잔인한 인상을 풍겼다.

화운룡이 자신을 향해 똑바로 걸어오자 두령은 미간을 좁히며 버럭 고함을 질렀다.

"거기 서라!"

그러나 멈출 화운룡이 아니다.

두령은 뺨을 씰룩거리더니 목청을 높였다.

"죽여라!"

순간 산적들이 화운룡을 향해 우르르 몰려들었다.

스응…….

화운룡은 무황검을 뽑아 전면으로 뻗었다.

이런 상황에서 오합지졸들은 정면보다는 배후에서 공격한다. 상대가 무림인이고 더구나 산적일 경우는 더욱 그렇다.

화운룡은 산적들이 앞쪽과 좌우에서 이 장까지 접근했을 때 갑자기 몸을 돌렸다.

앞쪽에서 이 장까지 접근했다면 배후는 그보다 더 가깝게 접근해 있을 것이라는 판단이다.

그의 판단이 옳았다. 배후에서 세 명이 일 장까지 쇄도하며 도끼와 철퇴를 휘둘러 오고 있는 중이다.

위이잉!

그러나 화운룡의 눈에는 그들 세 명의 허점 수십 군데가 환하게 보였다.

화운룡은 팔 년 공력을 오른팔에 가득 주입했으므로 세 명을 죽이는 것은 어렵지 않을 것이다.

쉬잇!

화운룡은 왼쪽에서 도끼를 휘두르고 있는 자의 목을 제일 먼저 정확하게 찔렀다.

푹!

"끅……."

그때 그자의 오른쪽에서 공격해 오는 자의 철퇴가 화운룡의 머리를 향해 반원을 그으며 내리꽂히고 있었다.

부웅!

첫 번째 산적의 목을 찔렀던 무황검이 빠르게 오른쪽 수평으로 흘렀다.

파아앗!

"크……."

첫 번째 산적의 목에 꽂혔던 무황검은 그자의 목을 절반쯤 자르면서 오른쪽으로 빠져나가 철퇴를 휘두르는 자의 관자놀이를 갈랐다.

두 번째 산적이 키가 조금만 더 컸으면 목이 잘렸을 텐데 키가 작다는 이유로 얼굴 절반이 잘라졌다. 그것은 마치 항아리의 뚜껑이 열린 것 같은 광경이다.

화운룡이 맨 먼저 왼쪽 산적의 목부터 찌른 데에는 다 그럴 만한 이유가 있다.

무황검을 왼쪽에서 오른쪽으로 그어 한 번의 동작에 세 명을 모두 죽이기 위해서였다.

공력이 차고도 넘칠 때야 상관이 없지만 지금 같은 상황에서는 팔 년 공력을 한꺼번에 쏟아부으면, 기껏 두어 번 검을 휘두르고 나면 지쳐 버릴 것이다.

그러니까 검을 한번 휘두를 때 될 수 있는 한 많은 적을 죽여야만 한다.

그리고 그 작전은 성공했다. 무황검은 맨 오른쪽에서 낫을 휘둘러 오는 산적의 목에 쑤셔 박혔다.

팍!

"왁!"

그러나 두 가지 문제가 발생했다. 힘이 떨어진 탓에 무황검이 세 번째 산적의 목을 완전히 자르지 못하고 목 중간에 틀어박혀 버렸으며, 그자가 그어 내리고 있는 낫이 화운룡의 정수리를 찍어오고 있는 중이다.

그자의 목에 무황검이 박혔더라도 관성에 의해서 낫은 중간까지 그러니까 화운룡의 정수리를 찍은 직후에 멈출 것이다.

화운룡은 전력을 다해서 뒤로 벌러덩 자빠졌다.

그 바람에 세 번째 산적의 목에 박혔던 무황검이 그자의 얼굴을 세로로 자르고 정수리로 빠져나왔으며, 내리긋던 낫은 화운룡의 가슴 위를 스쳐 지나갔다.

그는 뒤로 쓰러지는 자세에서 고개를 꺾어 뒤쪽에서 쇄도하는 산적들의 위치와 공격해 오는 방향을 재빨리 살펴보았다.

그러나 한 번 보는 것만으로 공격자들의 위치와 방향, 허점 등을 완벽하게 파악하기는 했지만 누워서 쓰러지는 자세로는 공격할 수가 없다.

그래서 쓰러지는 자세 그대로 오른팔을 머리 위로 뻗어 무황검을 좌우 마구잡이로 그어댔다.

파파아앗!

"으왁!"

"크악!"

화운룡이 무황검에 몸통이 잘리는 익숙한 느낌을 받는 순간 처절한 비명성이 터져 나왔다.

그는 등이 땅에 닿자마자 빙글 몸을 돌리면서 왼손으로 땅을 짚고 벌떡 퉁기듯 일어났다.

그가 뒤쪽의 산적 세 명을 죽이고 이어서 누운자세로 전방을 향해 무황검을 휘두른 동작은 겨우 한 호흡 만에 이루어진 동작이다.

화운룡이 벌떡 일어날 때 방금 그가 무작정 휘두른 무황검에 허리와 두 다리가 잘린 두 명이 피를 뿌리면서 쓰러지는데 그 피가 화운룡에게 확 뿜어졌다.

순식간에 다섯 명이 거꾸러지자 덤벼들던 산적들이 멈칫하더니 슬금슬금 뒤로 물러섰다.

화운룡 주위에는 목과 머리, 허리와 두 다리가 잘라진 산적 다섯 명이 쓰러진 채 콸콸 피를 뿜어내고 있으며 아직 숨이 끊어지지 않은 자들이 애끓는 비명을 지르며 몸부림을 치고 있는데, 그 광경이 치가 떨리도록 공포스러웠다.

봉화적당 산적들은 머리털 나고 이렇게 참혹한 광경을 처음 보기에 오금이 저려서 부들부들 떨었다.

그런 상황이기에 산적들은 저승사자 같은 화운룡 근처에 아무도 가까이 다가가지 못했다.

화운룡은 틈을 주지 않고 두령을 향해 성큼성큼 걸어갔다.

옷에 뿜어진 피를 뚝뚝 흘리면서 피 묻은 무황검을 앞으로 뻗은 채 걸어가는 그의 모습을 보고 두려운 표정을 짓지 않는 산적이 한 명도 없다.

"거, 거기 서라!"

두령이 주춤거리면서 버럭 소리를 질렀다.

그런다고 멈출 화운룡이 아니다. 여기에서 더 몰아쳐야만 오합지졸들의 기가 완전히 꺾일 것이다.

두령하고의 거리는 사 장 정도인데 화운룡은 계속 걸어가며 일부러 무서운 얼굴로 두령을 쏘아보았다.

두령이 좌우의 도를 쥐고 있는 두 명의 측근에게 소리쳤다.

"무얼 하고 있느냐? 당장 저놈을 죽여라!"

움찔 놀란 두 명의 측근이 화운룡에게 다가오는데 맹렬한 기세가 아니라 마지못한 행동이 역력했다.

두령의 측근이면 다른 산적들보다 강할 것이다. 그런데도 화운룡이 보여준 행동이 너무도 살벌해서 두 명의 측근 얼굴에는 두려움이 가득했다.

화운룡은 머뭇거리면서 다가오는 두 명 중 한 명에게 도리어 재빨리 다가가며 검을 뻗었다.

"허엇!"

화운룡의 표적이 된 왼쪽의 측근은 움찔 놀라 그 자리에서 멈췄다.

그사이에 화운룡은 세 걸음 더 다가가면서 몸을 던지듯이 힘껏 무황검을 뻗었다.

무림고수들의 싸움에서 몸을 던지며 공격하는 행위는 무모하기 짝이 없는 일이다.

공격이 실패했을 경우에는 방어를 하지 못하니까 적의 반격에 고스란히 당할 수밖에 없기 때문이다.

그러나 화운룡은 왼쪽의 측근을 찌를 자신이 있다. 또한 검이 상대를 찌르게 되면 그것을 지탱하여 쓰러지는 것을 모면할 수가 있다.

왼쪽의 측근은 화운룡이 몸을 던지면서 공격할 줄은 몰랐기에 그 자리에 몸이 얼어붙었다.

푹!

"끅……."

무황검이 그자의 목을 찔렀고 그 힘을 이용하여 화운룡은 자세를 바로 하면서 두 발로 땅을 디디며 무황검을 좌우로 흔들어 가차 없이 그자의 목을 잘랐다.

팍!

목이 잘리면서 머리가 허공으로 솟구치고 목에서 피가 분수처럼 뿜어졌다.

이것으로 끝이다. 화운룡은 더 이상 손을 쓰지 않아도 될 것이라고 판단했다.

스슷…….

그 대신 그는 두령의 세 걸음 앞까지 재빨리 다가가서 무황검으로 목을 겨누었다.

"흐으……."

두령은 어깨의 도를 뽑지도 못한 채 후드득 몸을 떨며 공포에 질린 표정을 지었다.

화운룡이 한 걸음만 앞으로 내디디면서 무황검을 뻗으면 두령의 목에 여지없이 구멍이 뚫릴 것이다.

화운룡은 사색으로 변한 두령에게 싸늘하게 말했다.

"네놈들이 잡아 온 구일강을 내놓으면 이대로 돌아가겠다."

"……."

두령은 무슨 뜻인지 알지 못하고 찢어진 눈을 최대한 크게 뜨고는 눈동자를 굴렸다.

그때 화운룡이 처음에 만났던 범강장달이가 저만치에서 떨리는 목소리로 두령에게 구일강에 대해서 설명했다.

설명을 듣고 난 두령은 화운룡을 쳐다보았다.

"그… 자를 내주면 물러가겠느냐?"

"공손하게."

"……."

두령이 무슨 뜻인지 몰라서 우물쭈물하자 먼저 경험이 있는 범강장달이가 조언을 해주었다.

"대인께 공손하게 말씀하십시오."

산적 소굴에서 화운룡은 졸지에 대인이 됐다.

두령은 두 손을 앞에 모으고 최대한 공손한 자세를 취했다.

"그자… 구일강을 내어드리면 물러가시겠습니까?"

"그러마."

두령은 좌우를 둘러보면서 목에 핏대를 세우며 악을 썼다.

"뭣들 하는 것이냐? 당장 그자를 이리 데려와라!"

두령은 데려온 구일강을 보고는 얼굴이 사색으로 변했다.

"이… 이게……."

구일강은 눈이 퉁퉁 부어서 잘 뜨지 못했고 입술과 귀가 찢어져서 피가 굳었으며 머리는 산발을 한 처참한 몰골이었기 때문이다.

산적들은 구일강을 강제로 산적을 만들려고 했으나 그가 절대로 하지 않겠다고 버티는 바람에 고집을 꺾으려고 몰매를

놓은 것이다.

구일강은 눈이 너무 부어서 잘 보이지 않는 탓에 화운룡을 아직 발견하지 못했다.

"구 형."

화운룡이 가까이 다가온 구일강에게 왼손을 뻗어 어깨를 잡자 그는 비로소 화운룡을 쳐다보고는 소스라치게 놀랐다.

"무… 사님……!"

화운룡은 구일강이 자신 때문에 이 지경이 됐다는 사실에 착잡함을 금치 못했다.

"미안하오."

"아아… 무사님……."

구일강은 직감적으로 화운룡이 자신을 구하러 왔다는 사실을 깨닫고 크게 감격하여 퉁퉁 부은 눈을 크게 떴다.

화운룡이 보복을 할 것이라고 예상한 두령은 급히 바닥에 무릎을 꿇고 머리를 조아렸다.

"잘못했습니다… 용서하십시오……!"

화운룡은 두령을 지그시 쏘아보다가 발끝으로 냅다 가슴팍을 내질렀다.

퍽!

"으헉!"

두령은 뒤로 벌렁 자빠져서 입에 거품을 물고 껙껙거렸다.

화운룡은 두령을 굽어보며 엄하게 경고했다.

"오늘 이후 이 사람을 건드린다면 내가 다시 찾아와서 이곳을 피로 씻을 것이다."

두령을 비롯한 산적들은 숨도 쉬지 못했다.

화운룡은 구일강을 부축하고 봉화적당을 떠났다.

두령이 죽을죄를 졌다면서 돈과 패물을 내놓았지만 화운룡은 구일강이 안풍현에서 사 온 쌀만 갖고 산채를 나섰다.

"업히겠소?"

산채에서 백여 장 벗어난 곳에서 화운룡이 절뚝거리는 구일강에게 말하자 그는 완강하게 거절했다.

"아이고… 무슨 그런 말씀을……."

그는 붓고 멍든 두 눈에서 굵은 눈물을 뚝뚝 흘렸다.

"무사님께서 소인을 구하러 오실 줄은 몰랐습니다… 소인은 이대로 마누라하고 아들… 어머니를 뵙지도 못하고 죽는 줄로만 알았습니다……."

그는 커다란 덩치하고는 어울리지 않게 연신 눈물을 흘리면서 허리를 굽혔다.

"감사합니다… 정말 감사합니다… 이 은혜를 어떻게 갚아야 할지 모르겠습니다……."

화운룡은 아까 아침에 하정에게 해주었던 말을 씁쓸한 얼굴로 구일강에게 해주었다.

"그대들이 시체나 다름이 없는 나를 구해서 반년이나 보살펴 주었는데 그렇다면 나는 어떻게 해야 하오?"

"……."

"내가 받은 은혜를 갚으려면 이것은 조족지혈이오."

화운룡이 숨어 있으라고 했지만 하정은 그러지 않고 좁은 산길에 나와서 산채 쪽을 하염없이 바라보고 있었다.

화운룡이 과연 남편을 구해서 올 것인지 아니면 화운룡이 잘못돼서 변을 당했을지 너무도 궁금하고 안달이 나서 숨어 있을 수가 없었다.

구불구불하고 첩첩한 산길이라서 화운룡과 구일강이 오 장쯤 앞 나무 사이로 모습을 드러내서야 하정은 두 사람을 발견할 수 있었다.

저만치에 남편과 화운룡의 모습이 보이자 하정은 두 다리에 힘이 풀려서 그 자리에 주저앉았다.

"으흐흑……."

팽팽하게 잡아당겼던 줄이 갑자기 끊어진 것처럼 그녀는 퍼질러 앉아서 하염없이 눈물을 흘렸다.

남편과 화운룡이 살아서 돌아왔다는 사실이 더없이 기뻐서 한달음에 달려가 얼싸안아 주고 싶은데도 몸이 도무지 말을 듣지 않았다.

하정을 발견한 구일강은 절뚝거리면서 바삐 다가왔다.

"여보!"

구일강은 하정 앞에 무릎을 꿇고 그녀를 부둥켜안았다.

하정은 남편 품에 안겨서 목이 메어 아무 말도 하지 못하고 울기만 했다.

화운룡은 두 사람을 바라보면서 흐뭇한 미소를 지었다.

행복이란 것은 어떤 모습이든 보는 사람의 가슴을 울린다.

심천촌 집에 돌아온 화운룡은 방바닥에 구일강, 하정 부부와 마주 앉았다.

"그대들이 허락한다면 나는 당분간 이곳에서 머물고 싶소."

두 사람은 기쁜 표정을 지었다.

"허락이라뇨? 그런 말씀 마십시오… 소인들이야말로 무사님을 붙잡고 싶습니다……!"

"저는 무사님하고 죽을 때까지 함께 살고 싶어요!"

화운룡은 빙그레 미소 지었다.

"고맙소."

그는 자신의 계획을 말했다.

"이 근처에 내가 묵을 집을 짓겠소."

구일강과 하정은 깜짝 놀랐다. 두 사람은 화운룡이 자신들의 집에서 같이 살 줄 알았다.

"집을 어떻게 지으신다는 것입니까?"

구일강과 하정의 상식으로는 집을 지으려면 최소한 몇 달이 걸려야 하고 또한 전문적인 지식도 있어야 한다.

화운룡은 빙그레 미소 지었다.

"원래 내가 집 짓는 기술이 있소."

그가 지닌 건축 기술은 거대한 궁궐이나 성곽, 복잡하고 난해한 기관진식 같은 것들을 짓는 것이다.

그러니 산골짜기의 조그만 통나무집을 짓는 일은 손바닥을 뒤집는 것보다 쉽다.

"아……."

부부는 크게 감탄한 표정으로 화운룡을 바라보았다. 두 사람이 보기에 화운룡은 못 하는 것이 없는 신선 같았다.

문득 하정이 무슨 생각을 했는지 밝은 얼굴로 손뼉을 쳤다.

"이러면 어떨까요?"

하정은 두 손을 모으고 간절한 표정으로 화운룡을 바라보며 기도를 하듯이 말했다.

"우리 집에 방을 하나 더 만드는 거예요. 그렇게 하면 수고도 덜고 같이 살 수 있잖아요?"

"아주 좋은 생각이야!"

구일강은 환하게 웃으며 찬성을 해놓고 겸연쩍은 얼굴로 화운룡의 표정을 살폈다.

정작 그의 의견은 묻지도 않고 자신들끼리 북 치고 장구 치고 다 했기 때문이다.

그런데 화운룡이 환하게 웃으며 고개를 크게 끄떡였다.

"불감청(不敢請)이언정 고소원(固所願)이오."

구일강과 하정은 무슨 뜻인지 몰라서 눈을 깜빡거렸다. 이들 부부는 학문이 짧아서 '감히 청하지 못하지만 원래 내가 바라던 바'라는 말뜻을 알지 못했다.

구일강이 머뭇거리면서 물었다.

"찬성하신다는 뜻이지요?"

"그렇소."

"아아……."

화운룡은 구일강의 노모를 진맥해 보았다.

토굴 속처럼 어두컴컴한 방에는 노모가 침상에 누워 있고 화운룡이 진맥을 하고 있으며 한쪽에 구일강과 하정, 현악이 나란히 서서 지켜보고 있다.

사실 구일강과 하정 부부는 노모가 무슨 병에 걸렸는지 전혀 알지 못한다.

이들 형편이 여의치 않아서 의원에는 가본 적이 없으며 약을 써본 적도 없기 때문이다.

그렇기에 이들 부부는 자신들이 할 수 있는 최선으로 그저 삼시 세 끼 쌀죽만 쑤어서 봉양했을 따름이다.

이윽고 화운룡이 노모의 손목을 놓고 돌아앉았다.

그리고 짧게 말했다.

"치매요."

"……."

구일강과 하정의 얼굴이 사색으로 변했다.

사람들이 제일 무서워하는 병이 치매다. 다른 병은 시름시름 앓다가 죽는데, 치매는 쉽게 죽지도 않으면서 세월이 흐를수록 점점 가족조차 알아보지 못하고 제대로 움직이지도 못한 채 병석에 누워 주위 사람들의 피를 말린다고 알려져 있다.

그래서 백성들이 집안의 어른이 치매에 걸리는 것을 가장 무서워한다는 것이다.

사람들이 치매를 가장 무서운 병이라고 여기는 가장 큰 이유는 백약이 소용없으며 그 어떤 치료도 듣지 않는다는 사실 때문이다.

구일강과 하정이 알고 있는 것은 그 정도다.

부부는 화운룡의 말에 반박하고 싶었다. 그의 말을 믿지만 이런 현실은 받아들일 수가 없기 때문이다.

"정말인가요?"

"그렇소. 치매요."

하정이 떨리는 목소리로 묻자 화운룡은 일말의 고민도 없이 잘라서 대답했다.

"아아……."

반박의 여지가 없다. 그제야 구일강과 하정은 노모가 어째서 균형감각을 잃고 비틀비틀 걷다가 쓰러지기 일쑤였으며, 어떨 때는 집을 찾지 못해서 산속을 헤매었고, 심지어 그렇게 귀여워하던 손자가 누구냐고 물었는지 이해가 됐다.

구일강과 하정은 하늘이 무너지고 땅이 꺼지는 절망에서 헤어나지 못하고 망연자실하여 눈물만 흘렸다.

그때 화운룡이 믿을 수 없는 말을 했다.

"한 달이면 고칠 수 있소."

"……."

구일강과 하정은 자신들의 귀를 의심했다. 치매는 신선이라고 해도 고치지 못하는 불치병이라고 들었는데 화운룡은 한 달이면 고칠 수 있다고 말한 것이다.

부부는 노모가 치매라는 말보다도 치매를 한 달 만에 고칠 수 있다는 말을 더 믿지 못했다.

화운룡이 다시 못을 박았다.

"한 달 동안 약을 쓰고 치료를 병행하면 완치할 수 있소."

화운룡이 원래 공력을 지니고 있었다면, 명천신기를 전개하여 며칠 정도만 치료하면 치매를 고칠 수 있다. 명천신기 앞에서는 만병이 소용없다.

그러나 지금은 공력이라고는 전무한 것이나 마찬가지인 팔년뿐이라서 명천신기는 아예 전개할 수가 없으니, 약초와 혈도를 타통하는 것을 병행하는 방법을 써야 한다.

그러나 구일강과 하정은 믿을 수 없다는 표정을 지었다.

"정… 말입니까?"

화운룡은 고개를 끄떡였다.

"그렇소."

부부는 화운룡이 거짓말을 하는 것이라고는 생각하지 않았다. 그럴 이유가 없기 때문이고 그럴 사람이 아니다.

구일강이 숨도 쉬지 못하면서 조심스럽게 물었다.

"저희들이 무엇을 어떻게 하면 됩니까?"

"내가 몇 가지 약초들의 그림을 그려줄 테니까 틈틈이 산에 가서 그 약초들을 채집해 오면 되오."

* * *

화운룡은 구일강 하정 부부의 집 옆에 땅을 고르고 새집을 한 채 지었다.

그들 부부의 집이 원래 형편없었기 때문에 거기에 방 하나를 만들기보다는 아예 새집을 지은 것이다.

몇 걸음만 가도 산에 쓸 만한 나무가 지천이었으므로 전체를 통나무집으로 짓는 데 부족함이 없었다.

새집을 짓는 동안에도 틈틈이 운공조식을 게을리하지 않은 화운룡의 공력은 십 년으로 증가했다.

그는 도끼를 사용하지 않고 부러진 무황검으로 나무들을 자르고 다듬었다. 그렇게 했어도 무황검에는 자잘한 흠집조차 생기지 않았다.

공력이 십 년뿐인 그가 몇 아름이나 되는 커다란 나무를 산에서 옮겨 오고 또 다듬어서 집을 짓는 일이 무척 힘들었으나 구일강이 보조를 잘해주어서 큰 어려움이 없었다.

구일강과 하정은 처음에 반신반의했으나 새집이 그럴싸한 모습을 갖추어 나가고 화운룡이 막힘없이 척척 집을 짓는 것을 보고, 며칠 지나지 않아서 그가 새집을 짓는 것에 대한 불신을 깡그리 씻어버렸다.

새집은 원래 집보다 네 배 정도 더 컸다. 방이 다섯 개나 되고 주방과 식당이 따로 있으며 가족 수대로 침상 다섯 개와 식당에는 커다란 식탁도 만들었다.

각 방의 바닥은 나무를 평평하게 잘라서 깔았고 방 한가운데에는 불을 지필 수 있도록 단단한 돌로 바닥을 깔고 네모나게 테두리를 만들었다.

또한 실내에 연기가 고이지 않도록 지붕 가장자리에 통풍구를 내서 시험을 했더니 연기가 술술 잘 빠졌다.

새집이 생겨서 모두들 더없이 기뻐했지만 누구보다 좋아하는 사람은 하정이다.

예전에 그녀는 강에서 물을 길어다 사용하고 쓰고 남은 구정물을 다시 강에 들고 가서 버리느라 번거롭고 힘들었는데 이제는 그러지 않아도 됐다.

화운룡이 산에서 강으로 흘러드는 작은 계류의 물줄기 하나를 따서 새집 주방으로 흘러들게 만든 것이다.

주방 바닥을 흐르는 물줄기의 중간에는 네모나고 큼직한 물통을 만들어서 깨끗한 물이 상시 풍부하게 고였다가 흘러가는 덕분에 그곳에서 무엇이든 씻고 버리면 그 물이 강으로 흘러 들어가는 구조다.

그랬더니 가족들은 그곳에서 씻고 빨래도 할 수 있으며 여름에는 목욕도 할 수 있을 것이라며 몹시 기뻐했다.

타닥… 탁!

새집 식당 바닥의 네모난 화덕에서 모닥불이 기세 좋게 타오르고 있다.

그 옆 식탁에는 화운룡을 비롯한 구일강 가족이 둘러앉았다.

그런데 식탁의 현악 옆에는 구일강의 노모가 앉아 있는데 얼굴에 불그레한 화색이 돌고 있다.

구일강 가족에게는 또 하나의 경사스러운 일이 생겼다. 화운룡이 집을 짓는 동안 매일 밤마다 노모를 치료하는 일을 게을리하지 않은 덕분에, 보름이 지난 현재 노모는 식구들과 함께 식사를 할 수 있을 정도로 병세가 호전되었다.

화운룡은 노모를 한 달 만에 완치시킬 수 있다고 호언장담했었는데 구일강과 하정이 봤을 때 노모는 이미 병이 다 나은 것 같았다.

"어미야, 대인께 고기 좀 더 드려라."

"네, 어머니."

노모가 하늘 같은 은인인 화운룡을 챙기자 노모보다 화운룡을 더 챙기는 하정이 즐거운 얼굴로 노래하듯이 대답하고는 화운룡의 밥그릇에 고기 요리를 수북하게 얹어주었다.

이들 가족은 매일 먹는 것이 주식인 감자와 고구마, 옥수수에 채소를 곁들이는 정도이며 이따금 물고기를 먹기도 했다.

물고기는 잡는 대로 대부분 배를 따서 말렸다가 안풍현에 내다 팔기 때문에 식구들 입에까지 들어갈 것이 없다.

그런데 요즘 이들 식구들은 매일 고기를 질리도록 먹고 있는 중이다.

화운룡이 집을 지을 나무를 베러 산에 들어갔다가 산짐승들을 눈에 띄는 대로 잡아 온 덕분이다.

산에 짐승들이 무지하게 많았지만 잡을 재주가 없는 구일강으로서는 그저 그림의 떡일 뿐이었다.

그런데 화운룡은 거의 이삼 일에 한 마리꼴로 산짐승을 잡아 온 덕분에 삼시 세 끼 식탁에 고기가 떨어지지 않았다.

노모는 밥에는 손도 대지 않고 화운룡을 물끄러미 바라보고만 있었다.

구일강이 빙그레 웃으면서 그런 노모에게 한소리 했다.

"어머니, 진지 드세요."

그런데 노모가 화운룡을 보며 매우 진지하게 불쑥 물었다.

"솔직하게 말씀해 주세요. 대인께선 대자대비하신 부처님의 현신이시죠?"

노모의 말에 구일강과 하정, 심지어 어린 현악까지도 기대어린 표정으로 말끄러미 화운룡을 바라보았다.

가족 모두 화운룡을 인간이 아닌 신선 혹은 부처님의 현신으로 생각하고 있기 때문이다.

화운룡은 뭐라고 대답해야 좋을지 난감했다. 아니라고 대답해도 믿을 것 같지 않고 그렇다고 대답하면 난리가 날 것이 뻔하기에 이러지도 저러지도 못하고 미소만 지었다.

그런데 그의 미소가 워낙 자비롭게 보인 탓에 노모는 몸을 부르르 떨더니 더듬거리면서 바닥에 납작하게 엎드렸다.

"오오… 대자대비하신 부처님이시다……."

노모와 현악이 각자의 방으로 자러 간 후에 화운룡은 구일강과 하정에게 자신이 부처님이 아니라는 사실을 해명하느라 진땀을 뺐다.

"혹시 술 있소?"

화운룡이 넌지시 묻자 하정이 잽싸게 밖으로 나갔다가 잘 익은 고량주를 갖고 돌아왔다.

술독을 열자 농익은 주향이 실내에 자욱하게 퍼졌다.

세 사람은 거실 한가운데에 있는 화덕에 둘러앉았는데 구일강과 하정은 단정하게 무릎을 꿇고 구일강이 두 손으로 화운룡에게 술을 따랐다.

"부처님이 술 마신다는 말 들어봤소?"

화운룡은 술 한 잔을 거침없이 마시고 나서 물었다.

"그리고… 이건 좀 쑥스러운 얘기지만."

화운룡은 고기 한 점을 집어 입에 넣고 씹으면서 최대한 사람처럼 보이려고 애쓰며 하정에게 말했다.

"그대는 반년 동안이나 운신하지 못하고 누워 있는 내 시중을 들었소."

하정은 자신이 반년 동안 화운룡의 용변을 받아내고 아랫도리를 닦아주는 등 별별 일을 다 한 것들을 기억해 냈다.

"내가 부처님이라면 다 죽어가는 모습으로 그대의 시중을 받으면서 그렇게 누워 있었겠소?"

순진무구한 구일강과 하정이 듣고 보니까 그도 그럴 법했다.

화운룡은 빙그레 미소 지었다.

"보다시피 나는 인간이오. 다만 다른 사람들하고는 달리 아는 것이 많고 의술을 알고 있으며 경험이 많을 뿐이오. 그 외에는 그대들과 똑같은 인간이오."

구일강과 하정이 긴가민가하는 표정을 짓는 걸 보고 화운룡은 마지막 일침을 가했다.

"그런데도 그대들이 자꾸만 나를 부처님이라고 고집을 부린다면 나는 떠날 수밖에 없소. 어찌 부처님이 인간들과 같이 살 수 있겠소?"

"대… 대인……."

구일강과 하정은 소스라치게 놀라 자리에서 펄쩍 뛰어올랐다.

두 사람이 보기에 화운룡은 부처님 그 이상의 존재가 분명하지만 그가 떠난다고 하니까 어쩔 줄 모르고 전전긍긍했다.

"우선 편하게 앉으시오."

화운룡은 무릎을 꿇고 있는 두 사람을 억지로 편하게 앉게 한 후 술을 마시게 했다.

태어나서 지금까지 술을 한 방울도 마셔본 적이 없다면서 하정이 두 손을 저었지만 화운룡이 명령이라고 엄한 얼굴로 술잔을 내밀자 마지못해서 마셨다.

세상천지에 술하고 매에는 장사가 없는 법이다.

술을 마시기 시작한 지 오래지 않아서 웃음소리가 흘러나왔으며 한 시진쯤 뒤에는 하정의 노랫소리가 흘러나왔다.

화운룡의 일과는 크게 두 가지다. 하나는 운공조식이고, 또 하나는 약초 채집이다.

운공조식을 집중적으로 하는 이유는 공력을 증진시키려는 것이 아니다.

며칠 죽어라고 운공조식을 해봤자 겨우 일 년 생기는 공력을 갖고 대체 무얼 할 수 있다는 말인가.

그 공력을 모아서 세상에 나가 제대로 활약을 하려면 수십 년 세월이 걸릴 것이다.

지금 그가 운공조식을 하는 이유는 사라진 공력이 어디에 있는지 찾아내기 위해서다.

단전에 제대로 있는지, 없다면 어디에 갔으며 어떻게 회복할 수 있는지, 아니, 궁극적으로 공력이 있는지 없는지를 확인하는 것이 급선무다.

약초 채집은 현재 그가 할 수 있는 두 가지 방법 즉, 운공조식과 함께 병행할 수 있는 또 하나의 방법이다.

명천신의학에는 내상을 치료하는 탁월한 방법 몇 가지가 기록되어 있으며 그중에는 삼십 종류의 약초를 배합하여 탕약으로 만들어 복용하는 것이 있는데, 그걸 실행해 보려고 약초를 채집하고 있는 것이다.

*　　　*　　　*

해가 바뀌고 봄이 찾아왔다.

화운룡이 천여황의 일격에 당하여 의식을 잃고 강물에 빠져서 흘러가다가 구일강의 그물에 걸려 되살아난 지 어느덧 일 년이 지났다.

그의 생활에 큰 변화는 없다. 꾸준한 운공조식으로 공력이 사십 년이 됐다는 것 말고는 변한 것이 없다.

연이은 세 차례의 운공조식이 끝났다.

여느 때와 다를 것 없이 공력을 되찾기 위한 탐색적인 운공조식이며, 이즈음에는 한 가지 결론에 도달한 상태였다.

그는 지난 반년 동안 수천 번의 운공조식을 한 결과 공력이 단전에 고스란히 존재하고 있는 것으로 결론을 내렸다.

그리고 공력을 회복하려면 마지막으로 남겨져 있는 가슴의 마비를 풀어야 한다고 판단했다.

천여황에게 일격을 얻어맞은 가슴 한복판의 어떤 상처가 단전을 봉쇄했을 것이라는 생각이지만 무엇 때문인지는 정확하게 모르고 있다.

지난 반년 동안 화운룡은 가슴의 마비를 풀려고 세 번의 시도를 했었는데 세 번 다 실패했다. 시도하다가 혼절했기 때문이다.

그리고 세 번 다 짧게는 이틀에서 길게는 닷새까지 혼절한 상태가 지속됐다.

구일강과 하정의 말에 의하면 화운룡은 방에 쓰러져 있었으며, 입과 코에서 피를 흘리고 안색은 창백했으며 숨을 거의 쉬지 않아서 죽은 줄 알았다는 것이다.

첫 번째 시도에서 그는 이틀 만에 깨어났으며 후유증으로 열흘 동안 자리에서 일어나지 못하고 고생했다.

그런데 너무나도 답답한 나머지 화운룡은 이후 한 달 만에 다시 가슴의 마비를 풀려고 시도했으며 그때도 역시 피를 토하고 혼절하여 나흘 만에 깨어났다.

처음 이틀 동안 혼절했던 것의 두 배고 후유증은 한 달 가까이나 이어졌었다.

그렇지만 두 번째 시도에서 그는 작은 소득을 얻어냈다.

가슴의 마비를 풀려고 시도하자 극심한 고통이 엄습했으며 이를 악물고 죽을힘을 다해서 계속 시도하자 고통이 배가되어 끝내 견디지 못하고 혼절해 버렸다.

그런데 혼절하기 직전에 그는 꽉 막혔던 가슴이 찰나지간 살짝 열리는 느낌을 받았다.

그것은 푹푹 찌는 무더운 여름날에 불어온 한 줄기 서늘한 바람 같은 것이었다.

결국 그는 어떻게 해서든지 고통을 견뎌내고 가슴의 마비를 풀기만 한다면 공력을 회복할 수 있다고 확신하게 되었다.

그래서 그는 결국 세 번째 시도를 했지만 끝내 기적은 일어나지 않았다.

그는 거의 시체나 다름없이 닷새 동안 혼절했고 후유증으로 두 달 동안 침상에 누운 채 예전처럼 하정이 용변을 받아내는 신세가 되어야만 했었다.

그런데 지금 그는 네 번째 시도의 유혹으로 갈등하고 있다.

세 번째 시도 때 그는 초인적인 인내심으로 극심한 고통을 견디면서 가슴의 마비를 풀려고 시도했으며, 그 결과 지난번 세 번째보다 조금 더 긴 시간 동안 가슴이 시원하게 뚫리는 것을 경험했다.

거기에서 조금만 더 밀어붙이면 가슴의 마비가 완전히 풀려서 공력을 회복할 수 있을 것이라는 확신이 더욱 굳어졌다.

그렇지만 실패한다면 어떤 결과를 맞이할까?

여기에서 실패라는 것은 가슴의 마비를 완전히 풀지 못하고 다시 혼절하게 되는 것을 뜻한다.

화운룡이 갈등하는 이유는 간단하다. 이번에 혼절하면 영원히 깨어나지 못할지도 모른다는 즉, 죽을 수도 있다는 불길한 가능성 때문이다.

지금까지의 경험으로 미루어 봤을 때 네 번째 시도는 위험천만한 모험이다.

가슴의 마비를 풀 수도 있지만 죽을 수도 있다.

꼭 지금이 아니더라도, 그리고 이 방법이 아니더라도 살아만 있으면 어쩌면 또 다른 기회가 있을지도 모른다.

그러나 죽으면 모든 것이 끝이다. 기회도 없으며 사랑하는 옥봉을 다시는 만나지 못하게 된다.

"휴우……."

결국 화운룡은 오랜 갈등 끝에 네 번째 시도는 하지 않기로 결정하고 한숨을 길게 내쉬었다.

모험을 했다가 잘못되어 죽게 된다면 그는 할 일이 너무 많아서 눈을 감지 못할 것 같았다.

무엇보다도 아내 옥봉을 다시 만나야만 한다. 옥봉을 다시 만나야 하는 이유를 말하라면 며칠 밤을 새우면서 설명해도 부족할 것이다.

문득 그는 실내 한쪽을 쳐다보았다. 그곳 벽 아래에는 주먹크기의 나무 그릇이 두 줄로 질서 있게 놓여 있으며 모두 스물아홉 개다.

각각의 나무 그릇에는 말려서 다듬은 약초들이 가지런히 담겨 있다.

그것들은 명천신의학의 내상을 치료하는 탁월한 방법 중에 하나이며 총 삼십 가지 약초가 있어야 하는데 현재 이십구 가지의 약초를 채집한 상태다.

화운룡이 천여황에게 당한 후 혼절에서 깨어난 것이 작년 구월이었으며 명천신의학의 방법으로 내상을 치료해야겠다고 결정한 것이 시월이었다.

그때부터 삼십 가지 약초를 찾아서 산을 헤맸는데 쉽사리 찾아지지 않았다.

더구나 약초란 원래 만물이 소생하는 봄에 찾아서 채집해야 하는데 가을인 시월이면 약초들이 시들었거나 낙엽 더미 속에 파묻혀서 찾기가 어렵다.

화운룡이 이십구 가지의 약초를 채집한 것도 대부분 올해 초봄 들어서였다.

지금 필요한 마지막 한 가지 약초는 천금령(天琴靈)이라는 것인데 바깥세상에서도 몹시 귀한 약재에 속한다.

화운룡은 내일부터 마지막 한 가지 약초 천금령을 찾는 데 전력을 기울이기로 마음먹었다.

끼이이…….

화운룡이 방에서 나오는데 마침 바깥문이 열리면서 구일강이 공손히 허리를 굽혔다.

"어딜 가십니까?"

구일강과 하정은 하루에 열 번 화운룡과 마주치면 열 번 다 깍듯하게 인사를 한다.

"산에 가볼까 하오."

구일강이 들고 있는 헝겊을 풀면서 거실 바닥에 앉았다.

"무사님, 잠시 이것 좀 봐주십시오."

헝겊에는 푸른색의 비파를 닮은 풀 한 포기가 소담스럽게 놓여 있었다.

그런데 그걸 본 화운룡의 눈이 커졌다.

"이것은 천금령이 아니오?"

"그렇습니까?"

화운룡이 헝겊을 조심스럽게 들고 자세히 살펴보니 천금령이 분명했다.

"맞소. 천금령이오."

구일강은 환한 미소를 지으면서 땀을 닦았다.

"무사님께서 그려주신 그림과 비교해 보니까 맞는 것 같기는 한데 썩 자신이 없었습니다."

구일강이 꺼내 보인 구겨진 종이에는 화운룡이 비교적 자세하게 그려준 천금령 그림이 그려져 있었다.

구일강 하정 부부는 틈만 나면 산으로 들어가서 화운룡이 필요로 하는 약초들을 찾느라 혈안이 됐었으며 실제로 이들 부부는 삼십 가지 약초들 중에서 이십 가지나 찾아냈다.

화운룡은 구일강의 손을 덥석 잡았다.

"수고했소. 정말 고맙소."

구일강은 화운룡이 기뻐하는 모습을 보는 것만으로 충분히 보상을 받은 표정이다.

화운룡은 마지막 천금령이 갖춰졌으므로 오늘 당장 탕약을 만들기로 마음먹었다.

그가 알기로 이 탕약은 치료하지 못하는 내상이 없지만 과연 천여황의 강기에 의한 내상을 치료할 수 있을지는 미지수다.

『와룡봉추』 14권에 계속…